KB247607

인상의 찰나를 글로 전합니다.
김태형.

삶은 선물입니다.
안현희 Maristella

봄 꽃 처럼 아름답게
빛나는 삶이기를
노주미

Paul.
Luason
희미한 선거가 당신께 닿길.

햇살 한 모금
바람 한 숨가락
(나)께꿈요
나이

일상의 모든 순간을
소중히 여기는 마음
양인석

내가 그리울 땐
빛의 뒤편으로 와요

시, 흐르다 058

인상

안현희

손주미

박율산

최필숙

양인석

인상

「11월에 정차하는 계절의 시詩침」

말을 글로 옮기는 시간은

세상 어떤 고요보다도 적막합니다

방송 기사 쓰던 탓에

묵언이어도 소리 내어 읽듯

그렇게 시는

입안에서 맴돌다 쓰입니다

달이 유별스레 높아 아들 생각나는 밤

이름을 쓰고 불러 봅니다

침묵의 입말은

구미와 서울의 거리만큼 멀게 느껴져도

결국 우리는 언제나 다시 만나

서로에게 마음 쓰며 애틋합니다

instagram.　　　@paulife4

email.　　　　whynovember@gmail.com

안현희

「사랑의 그림자 이별에 앉다」

"놀이 새빨갛게 타는 내 방의 유리창에 얼굴을 대고 운 일이 있다.

너무나 광경이 아름다워서였다. 아무 이유도 없었다.

내가 살고 있다는 사실에 갑자기 울었고

그것은 아늑하고 따스한 기분이었다.

또 밤을 새우고 공부하고 난 다음 날 새벽에

닭이 일제히 울 때 느꼈던

생생한 환희와 야생적인 즐거움도 잊을 수 없다.

이런 완전한 순간이 지금의 나에게는 없다.

그것을 다시 소유하고 싶다.

완전한 환희나 절망, 무엇이든지."

윗글은 전혜린 씨의 "그리고 아무 말도 하지 않았다"에

나오는 문장입니다.

나의 사춘기 시절 가슴 한구석에 낙인된 문장처럼

나의 글이 누군가의 삶에 낙인되어

살아갈 힘이 되어 줄 수 있기를 꿈꿔 봅니다.

손주미

「삶과 계절, 그리고 무용한 것들에 대한 사색」

삶과 계절, 그리고 무용한 것들을 사색하며
그 속에서 발견한 내면의 감정과 생각을
씁니다. 사계절이 주는 감성과 일상 속 자연을
온전히 탐닉할 수 있는 지금을 사랑합니다.
삶을 바라보는 시선과 내면을 풍요롭게 채우며
오늘을 잘 살아가고 싶습니다.

「삶과 계절, 그리고 무용한 것들에 대한 사색」

instagram.   @blossom_booknic
brunch.   @jumifw05

박율산

「우리는 끝내 서로를 두드릴 것입니다」

내 속에도 사랑이 들었을까.

키보드 위에서 허둥대며 찾던 마음은

환한 빛 앞에서

가끔 조용히 멈춰 서곤 했습니다.

수없는 메시지가 오가지만

묘하게 더 외로워지는 마음-

세상은 점점 빠르게 달려가지만

우리의 마음만은

느리고 따뜻한 속도로 여전히 걷고 있음을

가만히, 오래 바라보았습니다.

조심스레 쏘아 보낸

제 희미한 신호 하나가

당신의 하루 어디쯤 기어이 닿길 바랍니다.

최필숙(필이)

「그런 날」

저도 날 수 있다는
새의 말이

누구나 시인이 될 수 있다는
외침으로 들려 용기내본다

우리는
시인으로 태어나
시인으로 죽는다

시인으로 사는 것은 우리의 몫
각자의 몫

내 몫을 다 하고자
오늘도 끄적끄적
마음에 낙서한다

소중한 아들과 이 순간을 함께하고 싶다.

instagram.   @pill_369
blog.   blog. naver. com/pillsug369
brunch.   @11197172945c4cc

양인석

「나는 멈춰서 기다립니다」

시를 쓰는 능력도 기교도 없습니다.

사랑을 표현하는 능력은 더더욱 없습니다.

말로서 표현하는 것은 너무나 어렵습니다.

그래서, 그저 생각나는 대로 시를 씁니다.

거창한 미사여구도 해박한 단어도

선택하여 사용하지 않습니다.

쉽게 읽을 수 있는

그리고 누구나 행복할 수 있는 시

포근하게 공감할 수 있는 시

그런 시를 쓰는 시인이 되고 싶습니다.

instagram.   @71inseok
blog.   blog.naver.com/chiwoosolo
brunch.   @939aa7332a6e480

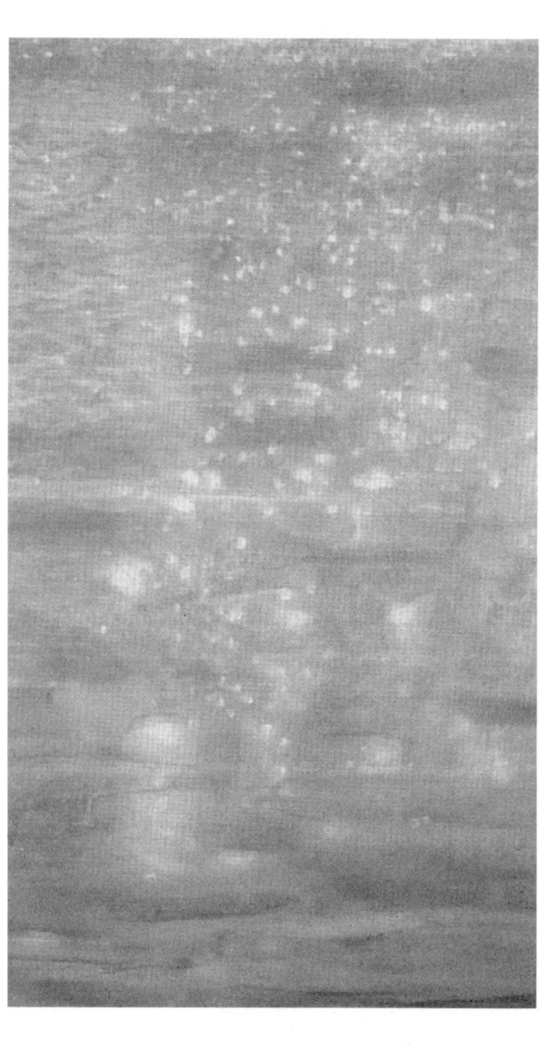

「11월에 정차하는 계절의 시詩침」

계절이 물드는 경계에는
선을 그을 수 없다

보색 대비의 절정이 연출된 순간
가을은 어느 사이 파고들었고

시침은, 330도에서부터
차분하게 지나고 있었다

_ 시인 인상

나의 십일월

계절에 줄지어 선 나의 플라타너스

무심한 바람에 손을 놓아 버린
낙엽 지는 소리,
시큰둥

플라스틱보다 가볍고
종이보다 무거운
그 소리가
지구에 내려앉는다

시-큰둥

먹먹한 귓가, 가슴 때린 그 소리에
나의 십일월 밟으며 만추 걷는다

십이월 가뭄

동작역사 창밖으로 고가 밑 천변 풍경
메마른 반포천 쓸쓸한 나무들 틈에서

나
자신의
가뭄을
느낀다

파리한 낯빛 부르튼 입술
바람 감은 내 몸살에
한잔 술 구역질 더해

아 프 다…
머리도… 가슴도… 시선도…

눈을 감고서, 겨울
한강을 건너, 밤
전철 지나는 동작대교의 떨림, 나

설雪익은 입춘

대한 지나며 목련 움트려다
간밤 무뚝한 눈에 움츠러들다

움싹 고개 내밀듯
때 헤아리는 봄머리인가

꽃 피었다 질 자리
오침 한가운데 내 마음 또한
어느 결에 피고 지니

배웅과 마중 사이
망-설이는 발돋움

새살 돋을 살갗이
눈:살에 저게움탄다*

*'간지럼을 타다'의 제주 방언

꽃길만 걷다

한낮을 피해
지는 해를 함께 받는 목련과 벗나무

시기를 나누고
나란히 꽃을 피우다

초저녁 손잡을까
길 따라나선 남녀의
설렘과 망설임 그 사이로

봄이어서 걸었다

꽃길을 걸었다

꽃길만 골라서 걸었다

2021년 5월 1일: 오월 홍주

끄느름 비 내리던 오월의 첫날
먼 자리 곳곳 영산홍이 시선에 들어앉고
개인 하늘에 소나무가 걸리었다

산-들-바람 흩뜨린 송화,
볼을 스치고 코끝에 와닿을 때
동그마니 참오이가 구쁜 나를 설레인다

아버지 머무는 홍주*는
그리움과 만끽의 사이사이

그네에 앉아 바람을 읊는 부정이
마흔둘 심사에 그득하다

*충청남도 홍성의 옛 지명.

자화상

비를 내릴 듯 말 듯
머뭇거리는 하늘의 망설임이
꼭
나를 닮아서
오늘도 어김없이 부끄러운 날이다

장마

며칠째 스산한 새벽이 잠을 훔쳤다

창밖 가로등 불빛 아래
비 내려 더 짙은 나뭇잎들, 그 떨림

어떤 비는 땅에 부딪히고
어떤 비는 땅과 부딪친다

"계절은 쉬어가지 않는다."

말을 맺기도 전 비구름 걷히고
이내 숨죽여 눈치 보는 나무

굵은 줄기 바짝 긴장한 거친 피부 위로
부정을 긍정하는 매미가 울기 시작했다

동이 트는 마알간 하늘 시선 닿는 곳

빼꼼 해의 속살은
진짜 여름의 시작

ㅇㅕㄹㅡㅁ

한기를 품은 버스 안에서 바라본 창밖

금방이라도 깨질 것만 같은 푸른 하늘이
신음하듯 목청을 돋우고 싶었다

문이 열리자, 내 부피는
아지랑이 피어오르는
열사의 땅으로 내팽개쳐지고

공기 한 방울 한 방울 와닿는, 내 피부는
작열하는 태양의 숨소리에 옮아 버렸다

지구의 체온이
나의 체온을
쉬이 넘나들었다

이름은 예뻤다, ㅇㅕㄹㅡㅁ

그리움

초혼에 어스름 살핀 먼 산 구경에
탁탁한 도시 소리 그을려
인상은 나도 몰라 시큰거리는데

눈을 감아도 시선을 뗄 수 없는 까닭은
계절이 당신을 닮은 이유입니다

가을 단편

소싯적 할머니 따라나선 풍경에 들러
쪽마루 끝에 걸터앉으니 가을이 온다

밤나무에 걸린 햇살
시선에 아른거리니 눈을 감고

바람은 산들
볼에 스치니
내 머리 쓰다듬는 어머니 손길 같아

볕 닿은 곳에 발을 널고
그늘 펼친 곳 머리를 담근다

산수가 예스럽게 익어 가는 오침

잠든 아해 낯꽃핀* 표정에 가을이 왔다

*얼굴에 밝은 빛이 돌다.

가을 주정主情

지독한 추위를 지나고도 지지 않던 나뭇잎이
빗방울 무게에 떨어졌다

비가 그치고 바람이 불어
그 바람 다시 목덜미에 스치우고

몸살을 부를 것 같은 한기
소한이 든 듯 옷깃을 여미게 된다

십일월 어느 날 술시戌時*
돌고 돌아 집으로 가을 길

*12간지 시간 중 오후 7~9시. 이른 밤 음주를 뜻함.

하나 남은 약

쌀쌀맞은 계절이 숨을 파고들었다

아들에게 옮은 지독한 감기에
부부는
지난번 먹고 남은 약을
나눠 먹기 시작했다

하루 지나고
이틀 넘기기 전
하나가 남았다

서로 미루다가, 아니 양보하다가
사흘째 그 자리 그대로 덩그러니

병원과 약국을
안 가고, 아니 못 가고
그렇게 버티다 나아간다

바보들

서로에겐 면역되지 않기를

나이에 빛을 지기로 했다

남이 알지 못하는 나의 모자람을 발견한 순간
이에 부끄러워 나이 먹는 게 두렵기 시작했다
아랑곳 아니 하는 초침의 냉소를 가슴에 담아
지금부터 내 나이에 빛을 지기로 마음 하였다

나이의 길이

새해 맞고 십여 일을 정신없이 보내다
눈 내리는 창밖을 바라보고 문득
신년 달력의 첫 장을 비로소 들여다본다

'마흔셋, 일월…'

지난밤 수면에 떠오른 꿈은
하얗게 소복이 덮이며 가라앉고

눈 덮여 보이지 않는 길은
가지 않은 길이 되어 날 잰다

시선 발끝에 두고
눈은 눈을 지르밟으며 나아가는데
돌아보니 나의 길이 있다

마흔셋 시작을 걸으며 문득

'살아온 날과 살아갈 날… 어느 길이 더 길까?'

아무 생각

프리지어가 유행이다

한 단에 만 원
내 마음에는 책 한 권

그제 고개를 숙였던 개나리는
오늘에서 표정을 들어 선물이 되었다

목련 몽우리가 비치네
이어 벚꽃이 만발하겠지?

봄에는 꽃이 법석이고
오지 않은 가을엔 잎이 야단일 거다

2022년 4월 10일: 나태주

꽃 가지 한 자락에 걸린 구름
그 뒤 시리도록 파아란 하늘

몹시 서둘러 지나갈 듯
더욱 눈에 밟히는 그해 사월

흐드러진 봄눈 날려
시선 닿은 곳엔
보랏빛 라일락 향이
우리를 기다리고 있었다

봄의 한가운데 퇴근한다는 것

아침은 스산했고
한낮은 치열했다

짐짓
가벼운 어깨가 되는 시각은
어김이 없다

일과의 끝

파도치듯
공상은 끊이지 않는 시간

일종의 고백 들으며
나의 해방일지 쓰러
발길을 옮긴다

서쪽으로 걷는다
저녁을 걷는다

미루나무

빗방울 튕기는 길을 따라
머언 데 시선을 두다가
바깥사돈과 내통한 풍경 소리에 놀라
고개를 돌린다

속내를 들켰을까
심장은 숨이 가쁘게 달려들고

오월이 불어 이끄는 낭만 속에
가는 비를 피하지 못하여

바라던 바
너를 보기 위해 키가 크는
미루나무가 되었다

그 자리에서 묵묵히 기다리다가
너를 찾으면 조용히 숨죽이면서
나에게 오면 기꺼이 그늘이 되고

행여 떠나면 낙엽을 놓아
사뿐히 눈에 밟히려 한다

계절의 다리를 가늠하다

가을에 피었을 꽃이
봄맞이를 하러 나왔나

하늬바람 부는 만큼만
지독한 고독이고 싶더니

살아온 날들이
피어오른다

한 여 름 도 심 속
아 스 팔 트 위
아 지 랑 이 처 럼

영혼이
흐 물 흐 물
형체를 잃어 갈 때

나를 구한 건
어두운 창밖을 등진 백열등 아래 어휘

계절의 다리를 가늠하다

환승역

목요일 자정 교대역 승강장

스크린 도어에 비친 내게 물었다
"너는 왜 이곳에 서 있나?"

난 수요일 저녁을 마시고 있었고
아무 의심 없는 보릿자루마냥
가볍지 않은 침묵을 안주 삼아
청력을 여닫고 있었다

하루를 갈아타는 시간과 공간
삶의 능동과 피동 사이
스스로 곱씹는 여전한 핑계는

내 일과 내일이 교차한
오늘의 이른 시작이라고

여름이 사람이라면

8월의 마지막 일요일 아침

"한낮엔 구름이 조금 끼겠고 낮 최고는 25도…"

'계절이 가고 있다…'

어제 아침 햇살은 여름이었고
바람은 가을이었는데

오늘 아침 햇살도 여름이지만
바람은 좀 더 짙은 가을이라고

올여름은 뒤끝 없이
여운만 흘리고 돌아선다

*가야 할 때가 언제인가를
분명히 알고 가는 이의
뒷모습은 얼마나 아름다운가

여름이 사람이라면,

*이형기 시인의 「낙화」 중에서.

가을비

8월의 마지막 월요일 아침

어제와 닮지 않은 날씨

점차 건조해질 하루하루를 피해
수증기는
열심히 하늘로 올라가다 지쳐
땀이 되어 흘러내렸다

다름을
전하는
비

땅은 식고
세상은 익어가는
그 계절의 시작

시상

혼을 담은 바람 잎이 창밖을 이야기하고

먼 길 네온사인과
일방통행 서치라이트가 교차하자

묻어둔 내 속살을屬辭를* 찾으러 보름을 땄다

*屬辭(속사): 문장이나 시문을 지음.

2022년 11월 11일

날이 마주한 거울
날씨 마중한 듯

아침 최저 11도
낮 최고 22도

확연히 다른
볕과 그늘의 체감 온도

그 경계에 걸린
계절의 3분의 2

물듦에는 임계가 없는
11월의 정오

시시로 단풍든
우표 없는 편지

사연을 읽어 내려가는 디제이의 짙은 음색에
손놓아 떨어지는 가을의 이름

그믐달

바쁘게 살면 잊힐 줄 알았는데
치열한 삶 속에 지쳐 사고를 돌리면
어디에선가 네가 떠오른다

아직도 잊지 못하고 있구나
너는 이미 아니었는데

시작도 끝도 없는 짝사랑이거나
그보다 더 서글픈 외사랑이거나

아무에게 관심 밖인
소외된 방백의 세레나데

한잔 술도 없이 보내는
밤의 길이와 깊이

가늘고 길게 야윈
나의 한숨과 실낱

겸손한 네온사인

고의된 정전

길 건너온 불빛을 지지하여
그를 의지한 손놀림을 시작詩作*하다

그중 검소한 네온사인 하나
마침 내 글씨를 닮는다

동천에 달 가르는 구름 따라
시간은 눈부신 만큼 움직이는데

이마적 이 몸은
어두운 시력詩歷**에 부끄럽기만 하다

*시를 지음. 또는 그 시.
** 시의 창작에 종사하여 온 경력.

12월 마지막 날

가끔은 살아가는 이유가 막연하지만
늦봄 피어날 한 자루 씨앗으로
신년의 겨울을 마중하고자

이따금 살아가는 과정이 행복하기에
먼 데 비치는 한 움큼 불빛으로
인생의 단술을 쾌사하고자

오늘도
민들레로
피었다 저물고

내일도
민들레로
피었다 지련다

스무 날에도 행복은 있다 지내던
그리움 물들어
긴긴 학교의 추억에, 꿈에, 이상에 취해
아직도 1월 1일은 아닌지

이
제
야
섣달그믐은 마음에서 떠났다

그늘진 조명 아래 가까운 거울

늙었거늘
얼굴에 나이가 없으니
언제 보아도 부끄러운 일이다

아스라이

맑은 달이 눈에 밟히면
생각나는 사람이 있고

불길 닿지 못한 둔치 수면 위
떠오르는 얼굴이 있다

철교 지나는 전철 소리
애인을 닮은 감기가 있고

먼 데로부터 쏟아진 별들
길을 잃어가고 있다

우리여 알고 있을까
바람이 잊히는 것을!

아무도 염려하지 않는 시간

홀로 안타까운 건
가까운 듯 멀리 짝 찾는 괭이 울음소리

이화동

배꽃 닮아 키운 길 따라
오며 가며 속삭인 목소리

외등 밝힌 골목길 따라
하나 두울 표정을 밝히고

강아지 총총 뒷모습에
발걸음 소래기 뛰노는데

내 심장의 박자와 같아
'멍'하니 웃음이 난다

구름 빛 자리 위
그들먹한 걸음을 풀고
떨린 가슴 얽어내
천천한 마음을 연다

너-나, 그렇게 우리

이방인

거대 기업의 사무실 창밖으로 쏟아져 나오는
밤 깊은 그 거리에 그 불빛에

나는 이방인이다

몰아 들이쉰 숨을 다시 토해내고
그 저자에 밀려드는 그들 사이에

나는 이방인이다

꽃이 지는 아침은 울고 싶다던
그 선생 그 마음 헤아릴 길 없어
내일 아침이 오면

나는 이방인이다

도시 입맛이 빚어낸
유행 따라 한창인 신종 이방인

지평선

하늘과 땅이 화해하는 곳

멀리 나를 바라볼 이방인들에게
구름 위 삐져나온 솜털 하나쯤이어도 좋다

마음속 구겨진 모자란 생각 따위
시선에 담지 못할, 너른 대지에 풀고
끝을 만나러, 구름 널은 저 땅 밟으러 간다

맨발로 하늘 걷는다

외로울 고孤 홀로 독獨

노여운 껍데기
보잘것없는 빈털터리 영혼

함께 있어도 혼자 있는 것
익숙하고 또 능숙한 일

오늘도 어김없이
심각한 문제를 풀어 헤치다
다시 지치다

땅에 떨어진 이름 발견
무거운 손을 들어 흔드는데

안녕, 낯설지 않은, 내 이름

bleu

한 점 구름 없던 그제 하늘로부터
하릴없이 떠내려온 오늘 ciel-bleu

하얀 양말 신고 선 고양이
한 번 시선조차 외면해 저 갈 길 가고

하루 칠 센티미터 영혼을 태우는데
한 편 바람이 분다

한남동에서 넘춘
하얀 바람

하필 두고 갈 마음 하나 없는
한 곳 세속의 빈터, 구월의 푸른 하늘

가을하다

가을이 불어 눈을 감아
때 알린 갈바람 불어와

마주하는 바람에 고개 젖히고
흩날리는 바람엔 음악 들으며

스치는 바람 사이 두 팔 벌리면
비로소
노을 담근 서편의 마지막 햇살 내리니

어느새 돌아온 자리 내리던 빗방울이
햅쌀 지은 내 꿈으로 가을하고 있더라

가을의 서편

하늘은
가을이 오는 것을 알리기 위해
시선의 끝을 헤아리듯 높이 오르고

낙엽은
가을이 지는 것을 알리기 위해
바람에 구슬구슬 마른 땅 위를 걸어 다닌다

오늘은 울기 좋은 날

어떤 약속도 기쁨이 될 수 없는 날

책상 앞 멍하니 초점 잃은 한숨 퍼지고
간간이 띤 미소에도 웃는 게 아니었던 날

짙은 봄 신록에 묻혀 실루엣마저 흩어지던 순간
육체만으론 존재가 부정되던 날

점. 점. 짧아지는 그림자
쉬지 못하는 생각이 영롱한 눈빛 멍들게 한 날

바로 오늘, 울기 좋은 날

바이러스

부어오른 가슴 안으로
바이러스 하나둘 피어오르고

곱게 떠오른 얼굴 가죽 위에
그림자가 드리워 있다

추위 지내는 입동이 명일이라며
지난해 노닐던 재주가 그립기 시작하는데

비해 못내 아쉬운 마음 버려진 하루에
숨쉬기조차 힘에 부친다

울렁이는 속
눈 빠질 듯
오슬오슬 발열하는 중

오늘이 사흘째
벌써인가 싶다

약도 잠도 소용없는 나의 환후에
유력한 인사는 사랑뿐인가 싶다

2025년 11월 1일: 경의선숲길에서

길은 혼자 걸으라고 외자인가 보다

그래서 숲길 마주하자 걸음을 떼고

길이 길어서 계속 걸었다

길 중간 친구들이 있었고, 비가 내렸다

길 끝엔
물든 벚나무와
떨어진 잎새와,
가로등과
가로등 불빛과,
나와
내 그림자가 있었고, 비가 내렸다

비 냄새에 발길을 멈추고 뒤를 돌아보았다

너와 함께 걷고 싶은 11월 첫날 밤
내가 사랑하는 달력의 서막

잠 못 드는 구미의 밤

도시를 견인하던
산단 불빛이 하루를 접을 때

굴뚝 실루엣은
짙은 하늘에 밑그림을 남겼다

낙동강 위에
달빛이 길을 내고

윤슬은 은밀한 말로
수면을 간질일 때

동락공원 어느 벤치에는
연인의 설렘이 여운이다

나는 이 모든 것이 꿈만 같다

한잔 술도 우정도
기꺼운 도시

이방인들의 역사도
낭만이 되는 기회의 땅

「사랑의 그림자 이별에 앉다」

우리의 삶은 생각한 대로, 마음먹은 대로
살아가기 쉽지 않음을 배워가는 과정인가 봅니다.
사랑을 하고, 영원할 것 같았던 순간들도
이별이 되고,
견디기 힘든 아픔을 통과하며 살아갑니다.
아무렇지도 않았다고,
사랑은 없는 것이라고 믿고 살던 순간들.

시를 쓴다는 것이, 지나간 사랑에게
진심을 담아 마지막 인사를 보내는 일이며,
이별이 슬픔의 또 다른 이름이 아닌,
사랑의 기억이 머물다 가는
그림자임을 알아갑니다.

_ 시인 안현희

민들레 홀씨

바람 따라
흘러 흘러
내 손안에 내려앉은 너

가벼움이
하늘하늘
내 마음 빈자리에 스미는 너

멀리멀리
빛이 머무는 끝까지
너의 길이 따뜻하길

조심조심
손끝에 올려
작은 기도로 띄운다

후—

달맞이꽃

밤은 고요히 풀잎 위에 눕고
바람의 숨결마저 잠들 때,
달빛은 가장 낮은 곳으로 내려와
너의 노란 잠을 깨운다

고운 등불처럼 피어난 너
한 번의 밤을 위해,
끝없는 낮을 견디고

차가운 빛을 품어
꽃잎을 여는 순간,
하늘은 더 깊은
고요로 번진다

아무도 모르게
너는 달을 향해 고개를 들고,
소리 없이 기도한다
세상이 잊지 않기를

우산을 버리듯 너를 버렸다

늦어버린 약속 시간
서둘러 달려나오는데
비가 내린다
어쩌지?

허겁지겁 달려 올라가 집어 든 우산
버튼을 눌러 펼친다
어쩌지?

한쪽 귀퉁이가 부러지고 찢어진 우산
매만져 본다
어쩌랴!

그냥 너를 품고 간다
물방울이 스미듯
가슴속 오래된 빈자리가 젖어온다
눈물…

찢어진 너를 보며
잠든 기억이 조용히 깨어난다
잘 가

느티나무 아래서

태양도 서러워
구름 뒤 몸을 숨기고
어둠을 드리우는
느티나무 아래 서 있다

일렁이는 잿빛 구름 사이로
한바탕 군무를 그리던 새 떼도
허공에 흩어져 사라져 버린
느티나무 아래 서 있다

태양은 알까,
밝음이 어둠에 가리어진 이유를
새들은 알까,
날아가야만 잊히는 슬픔을
구름은 알까,
머무는 동안 깊어지는 그리움을

인생의 길을 잃고
느티나무 아래 서 있는
내 마음을

잎사귀로 다독이고, 그늘로 위로하는
느티나무가 속삭인다
잎들 사이로 스며들고 있는 저 햇빛처럼,
너에게도 따스함이 배어들 거라고

바람에 흔들리는 가지들을 뒤로하는
느티나무가 속삭인다
한 줄기 바람이 스쳐 가듯
너의 마음도 잦아들 거라고,

언젠가는

일광에서 이별을 배우다

차갑게 굳은 겨울,
바다의 숨결마저 회색으로 식어간다
텅 빈 물결 위에 홀로 서서
사라진 햇살을 기다린다

나는 한 줄기 빛으로 살고 싶었다
사랑을 빛이라 믿었고,
그 빛으로 누군가의 얼어붙은 마음을
조심스레 녹여주고 싶었다

바다는 내 사랑을 삼켜버렸고,
빛을 잃은 물결은
쓸쓸한 춤사위만 남겼다
그제야 알았다
내 사랑도, 바다의 찬란한 빛도
잠시 반짝이다 흩어지는 것임을

일광이여,
나의 사랑이여,
차가운 물결 속에
작은 빛을 흔적처럼 흘려보내며
이별을 배운다

안녕

바다 가는 것이 쉬운 것이라 생각했다

바다를 좋아하는 나를
좋아했던 그는
나와 함께 바다 여행을 즐겼다

자동차로 갔고
배를 타고 갔고
비행기를 타고도 갔다

좋은 곳
맛있는 곳
편한 곳

그가 이끄는 대로
몸만 가면 되는 바다
바다 가기가 그리 쉬운 것이라고
나는 그렇게 알고 있었다

그가 없는 바다를
혼자 찾아가는 것이 이렇게 힘들다는 것을
나는 몰랐다
그의 사랑이 너무 컸다는 것을
나는 알지 못했다

그리운 너, 바다

사랑의 유통기한

설렘으로 잠 못 이루고
핸드폰 넘어, 오고 가는 수많은 이야기
웃음은 피어나고,
꽃이 피어나듯 얼굴이 빛나던 날들

약속 시간이 다가올수록
어린 왕자의 한 송이 장미처럼
붉은빛을 띠고,
꽃잎이 피어나듯 미소가 번져가던 순간

마음을 다했고,
열정을 다했고,
영원을 다짐하며 오늘을 살아냈다

사랑의 유통기한은
집에서 빚은 술빵처럼
부풀어 오를 만큼 부풀었다가
언젠가 사그라드는 법

쉬이 꺼지지 않도록
소다가 필요했을까,
곰팡이가 피지 않도록
방부제를 넣어야 했나!

사랑은
붙잡을 수 없는 불꽃,
꽃처럼 피고 지는
한 시절의 계절이었음을 배운다

사랑은
스치는 바람,
흘러가는 구름이
잠시 머물다 가는 빛의 계절이었음을 배운다

장경사에서 별을 보다

잠 못 이루는 밤,
전화를 걸었어
별이 보고 싶어서
잠이 오지 않는다고

모두 잠든 고요한 밤,
너는 집 앞이라고 했어
내가 보고 싶어서
달려왔다고

별이 잘 보이는 곳,
장경사 굽이굽이
차를 타고
올라왔지

별들이 소곤거리는 곳,
눈물이 나,
아픔인 줄 알았던 너는
별처럼 빛나는 선물이었어

우리 사랑은

많은 시간이 흐르고
많은 계절이 흘러서
지난 시간을
그려 본다

삶이란 그런 거겠지!
그 순간의 아픔도
상처도
눈물도

추억이,
선물이,
그리움이,
흔적이 되고

그게 삶이고
인생이지
흑과 백 그리고 회색빛이 어우러져
하나의 색을 담은

우리 사랑은
지나간 계절의 향기처럼
가슴 한편에 남아

잊히지 않는 빛이 되었다

상처는 흉터로 남지 않고
시간 속에서 빛으로 녹아
우리의 삶을 증명하듯,
조용히 반짝인다

나와 어린 왕자

어린 왕자는 소행성 B612에서 살았고
나는 태평양 어딘가에 살던,
바다 생물

어린 왕자는 장미 한 송이를 사랑했고
나는 별을 사랑하고,
바다를 사랑한 지구인

어린 왕자는 사막에서
삶을 배우고 사랑을 알았어
나는 바다가 있는 해변에서
너를 알고 사랑을 알았어

어린 왕자는 아낌없이 사랑했기에
장미가 기다리는 곳으로 돌아갔고,
나는 아낌없이 사랑했기에
파도 끝에서 너를 떠나보냈어

별빛은 그에게
길을 비추었고,
파도는 내게
마지막 인사를 했어

이제 그는
그리고 나는,
서로 다른 별에서
그리움으로 남았어

황매산

넓디넓은 발아래
온 세상이 꽃분홍
철쭉으로 수를 놓았다

가도 가도 광활한
산등성이 꽃길은 나를 붙잡고
마음을 머물게 한다

하늘도,
바람도,
흘러가는 구름도

눈길에 담아
마음 한가득 그림을 그리고
여기 황매산 색깔도 향기도 담아
너에게 꽃비를 뿌린다

너의 발자국 하나하나에
꽃비는 내리고,
향기 담은 추억은 흩어져
나의 품으로 내려앉는다

바람이 멈출 때

버스에 탔어
목적지는 없어
그냥 갔어
바다가 보고 싶어서

길을 걸었어
해변이었어
아무도 없었어
갈매기만 날았지

네가 보고 싶었어
바람이 멈추었어
그제야 알았어
나는 사랑이었어

우리 다시 만날 수 있을까

괜찮은 줄 알았어
헤어진다는 것

아낌없이 사랑했어
온 마음을 다해서

미련을 갖지 않았어
다 버렸어

모질게 돌아서서
뒤도 돌아보지 않았어

시간은 흐르고 흘러서
계절이 수없이 바뀌고
어린 나는,
어엿한 중년의 문턱에서

은행잎 비 가득한
함께했던 장경사에서
하늘을 보고 물어,
우리 다시 만날 수 있을까

우리가 아닌 너와 나

여행을 좋아하는 너
그런 너를 좋아했던 나
함께했던 많은 곳
고마웠어

사랑 표현이 많은 너
그런 너를 사랑했던 나
우린 늘 사랑을 말했어
행복했어

많은 것을 함께했던 우리
왜 멀어졌을까,
오랜 시간 함께했던 우리
왜 이별이 되었을까?

오랜 시간 간직한
너의 흔적을 지우고,
나는 추억을 지우고
사랑을 지웠어

사랑 그리고 거짓말

많은 시간을 함께한 우리
많은 장소를 여행한 우리
맛집을 다니고,
영화를 보고,
참 많은 곳을 다녔어

많은 날, 함께한 우리
많은 음악을 듣고,
바다를 다니고,
자연을 보고,
참 많은 이야기를 나눴어

우린 정말 사랑했을까?
너는 나를 사랑한다
거짓말을 하고 떠나갔고,
나는 너를 사랑하지 않는다
거짓말을 하고 떠나왔어

인생을 달리다, 사랑을 묻다

가벼운 운동복 차림
첫 차 타고 내뱉는 이른 숨,
잠실에서 명동까지
창밖엔 잠에서 덜 깬 가을이 서 있다

남산으로 가는 발걸음
새벽 공기 속 몸을 깨우는 숨,
머리부터 발끝까지
시선에 머무는 낙엽들이 아침 인사를 보낸다

숨이 가빠질수록
오히려 마음은 가라앉고,
옆에서 뛰는 이름 모를 이들의
숨결에 이야기가 섞이고,

지난밤 붙들던
이별의 잔향이,
짜디짠 땀방울로 흘러
아스팔트 위로 흩어진다

인생이란,
언덕을 오르고 내려오는 경기 같은 것
사랑도,

끝까지 달려야 알 수 있는 마라톤 같은 것

바람도, 하늘도, 시선에 머무는 나무들도,
어느새 내게 머물러 말한다
네가 사랑을 알아?
네가 인생을 알아?

알다가도 모르는 게, 사랑이다
알다가도 모르는 게, 인생이다
삶이 다하는 날까지
달리고 싶다, 나는

구산성지에서

신을 믿지 않는 나였다
무작정 따라간 그곳에서
나무를,
새를,
꽃을,
나비를 보았다

그저 사랑을 믿던 나였다
그와 함께 걸었던 그곳에서
따스한 미소를,
조용한 눈빛을,
손끝의 온기를,
낯선 풍경을 보았다

무엇이었을까
그 길을 다 지나 바라본 하늘,
찬란한 햇빛 가루를 뿌렸다
팔을 벌려 품은 햇살은
가슴 깊이 스며들어
그리움이 되었다

사랑의 그림자 이별에 앉다

한 줌의 햇살이 너를 스치고
그 햇살은 내게로 와서
위로가 되고,
미소가 되고,
삶이 되었다

한 줄기 바람은 너를 감싸고
그 부드러움이 내게로 와서
숨결이 되고,
희망이 되고,
사랑이 되었다

창문 너머 구름은 잿빛으로
빛바랜 약속을 바람결에 날리고,
눈동자에 맺힌 너는
그리움이 되었다

사랑은 가벼운 새벽안개처럼
서서히 녹아내리고,
마지막 인사도 없이
그림자로 남는다

어느새 눈물 되어

뚝뚝
네 뒷모습만
이별이 되어 사뿐히 앉는다

가을밤

가을밤은
낙엽처럼 가벼워진 마음을
바람에 실어 보내는 시간

당신과 나는
한때 같은 별을 바라보던
하나였다

이제는 서로 다른 별 아래 서서,
하나였던 마음이
밤하늘에 흩뿌려져 간다

달빛은 여전히 고요하고,
마로니에 가지 사이로
지난날의 웃음이 독이 되어
삭은 빛으로 스며 떨어진다

사랑은
하나의 계절처럼
피었다 져서,
우리 마음길을 떠나간다

가을밤,

나는
까만 하늘 어딘가 숨은
우리 별을 찾아본다

세월이 가면

지난 모든 날이
추억이라면
나는 그 추억을 무지갯빛으로 담고 싶다

사람의 인연도
추억이라면
나는 그 추억을 심장에 담고 싶다

삶도,
사랑도,
인연도 쉽지 않다

삶도,
이별도,
헤어짐도 견뎌내고

그래,
지나고 보니
시간이 약이더라

비행기 날다

병원 생활을 끝내고
내 삶이 바뀌었어
느슨하게 살기로
악착을 떨지 않기로

친구에게 전화가 왔어
여행 가자고
그러자고 했어
베트남 다낭

뜨거운 햇살도
이국적인 동남아 냄새도
시클로를 타고 둘러보는 관광지도
여정 끝에 받는 마사지도

좋더라,
생각을 비우고
마음을 비우고
아주 좋더라

돌아오는 새벽 비행기
창으로 보이는 새벽하늘, 달, 별
눈물이 났어
그리움도 함께 날더라

너에게

지하철을 탔어
마음이 너무 아파서
마음이 추슬러 지지가 않아서
주저앉고 싶어지는 거야

사람은 많고,
눈물은 흘러서
목도 메어오고 콧물은 흐르고,
당장이라도 내리고 싶어지는 거야

문득 창 너머로 잠실 강변의
물결 위에 우리가 함께했던
노을이 찾아와 고운 감빛으로
어른어른 네 모습이 떠올랐어

눈물도 멈추고,
콧물도 멈추고,
아플 때마다
힘들 때마다

토닥여 주던 네 모습이
떠올라서
고마웠어
더 눈물이 났어

나, 참
사랑받았구나!
너로 인해 아름다운 풍경도
좋아하는 음식도
예쁜 장소들도

나, 참
사랑받았구나!
너는 늘 내 뒤에서
버팀목이 되어주었고
바람막이가 되어주었고

왜 지금 네가 떠올랐을까
내가 무너지지 않고 살아갈 수 있는 건
너의 사랑이 나의 심장에
든든한 뿌리를 내려, 스러지지 않는
나로 살아갈 수 있었어

감사해
잘 살아
안녕

아네모네

노란 햇살 아래
너는 봄의 숨결처럼 피었다
연약한 어깨 위로 투명한 바람이 내려앉고
나는 한아름 가득 너를 안았다

가냘픈 꽃잎 하나에도
세상은 온통 너였다
첫눈처럼 순수한, 살랑이는 바람 같은 너
나는 온 마음으로 사랑했다

시간은 빠르게 흐르고
햇살은 이내 빛을 거두고,
남은 건 바람에 실려 흩어지는 향기
멀어지는 꽃잎들

아네모네,
너의 꽃잎이 지는 자리에
내 사랑도 함께 눕는다
다시는 오지 않을 봄처럼
조용히 너를 떠나보낸다

울지 않는 나

초등학교 시절부터
사람들은 나를 울보라 불렀다
피 한 방울에도 붉어지는 눈,
뉴스 속 아이의 비명에도
가슴이 무너져 눈물이 번진다

빗속을 떠도는 개 한 마리,
쓸쓸히 젖은 눈빛을 외면하지 못해
돌아서다,
몇 번이고 다시 돌아본다
그 뒤안길까지 마음은 흠뻑 젖어 든다

서산을 물들이는 밤하늘,
소금밭처럼 빛을 흩뿌리는 별들,
들판 가득 피어난 쑥부쟁이,
빗방울로 흐려진 창밖 풍경에도
눈물은 조용히 스며든다

책 한 장, 영화 한 장면, 음악의 숨결,
누군가의 뜨거운 무대가
내 안의 깊은 샘을 흔든다

성당의 기도 속에서도,

성가의 은빛 멜로디 속에서도,
눈물은 예고 없이 찾아온다

나는 울지 않는 나,
조금은 차갑고, 조금은 더 이성적인 사람,
꽃처럼 환히 웃는 내가 되고 싶다

나이가 들면,
눈물이 나에게서 멀어질까?
울지 않는 나를 꿈꾼다

사랑을 알았다
이별을 보았다
마침내, 울지 않는 내가 되었다

삼악산 정상에서

물이 흐르고
좁은 돌벽이 포근하던 입구,
우리는 경치에 취하고
물소리에 취하고

걷고 걷던 중턱에 은행잎 군락지
노란빛이 황홀함을 건네고,
우리는 은행잎 소나기를 맞고
햇살을 맞고

이곳이 천국이 아닐까
마음은 구름 위를 떠돌고
행복을 채우고
사랑은 가득 차오르고

구불구불 험한 돌길 끝
정상에 닿으니 와, 소리가 절로 나
춘천 시내가 품 안에 들어와
천국이 되었다

내가 죽거든,
이곳에 알알이 뿌려달라 했지
알았다는 메아리만 가득한
삼악산 정상에서

세방낙조에서

먼발치에서 바라보는 바다는
고요만이 가득
미소를 머금고
슬픔을 감추고,
기척 없이 숨을 고른다

손끝 닿을 듯한 구름
인생, 별거 아니라고
사랑, 흘러가는 것이라고
내 마음 몰라주고 떠난 바람도
시간이 지나면 선물이라고

차가운 계절엔 한 모금의 열기가 되고
한여름의 뜨거움엔 땀방울을 식혀주던
고마운 바람,
지금은 세상 저편 어딘가로 흘러가
결국 스치는 인연이었다고

푸르른 잎사귀 한 아름 드리운 나무
아등바등 사는 것도 너의 삶이고,
이별로 물든 기억 또한 사랑이었다고
모든 건 누군가 정해놓은 운명이 아니라,
네가 품어 안은 선택이었다고

인생을 알았고,
사랑과 이별 속에서 삶을 배웠다
그렇게 나는 단단해지고,
삶도, 사랑도, 이별도
결국 스스로 견뎌내는 것

바다가, 구름이 전하는 말도,
아름답게 드리운 나무가 전하는 말도
가슴 깊이 간직한 채,
붉은 노을이 번지는 하늘은
조용히 바다를 물들이며 토닥인다

서산 바다

나무, 산, 하늘
바람, 구름
고속도로

그때의 풍경은 사라지고
낯섦만 가득한 서산 바닷가

키조개, 새조개
주꾸미, 전어
간장 게장

그때의 맛과 향기는
어디에도 없는 서산 바닷가

물길 열린 작은 암자만
나의 눈길을 맞아준다
너는 이제 어디에도 없고

물결만이 일렁이고
있도 없던 스카이 워크만
나의 발길을 이끈다

목마른 계절

내 마음을 아는 걸까
몇 날 며칠째 비가 내린다

비는 내 마음에도 내리고
잠 못 이루는 밤,

책을 읽어야겠다
나의 즐겨찾기가 되어준 책

몇십 년이 훌쩍 지나서야
내 눈에 들어온다

내가 좋아했던,
우울해서 좋아했던,

전혜린의 "그리고 아무 말도 하지 않았다"
사진 한 장이 꽂혀 있다

사랑에 목마른 내게 사랑을 던져 준 너,
"목마른 계절" 속에 고이 있던 너

계절에 머물다

노을 지는 풍경을 사랑했다
그 고운 빛이 예뻐서
슬픔이었을까?
그리움이 가득 차 올랐어

어린 왕자가 마흔네 번이나
자리를 옮겨가며, 바라보았던 그 풍경
마흔네 번이나 슬픔을 이겨낼 만큼
강했나 보다

은행잎 비가 내리는 풍경을 사랑했다
그 흩날리는 고운 빛이 찬란해서
설렘이었을까?
떨림으로 가슴이 일렁였어

괴테가 마리안느에게 보낸 연서는
노랗게 물든 은행잎 비가 내리던 때,
둘이 아닌 하나가 되기를
간절히 바랐나 보다

저녁노을 아래,
은행잎 비 맞으며
서 있는 나는
네가 그리웠나 보다

야상곡

비는 내리고
잠은 오지 않고,
조용히 책을 읽는다

달도 숨고
별도 잠든,
비 내리는 밤

오렌지빛 가로등만
내리는 비를 달래며
토닥인다

떠난 님도
이제는 추억이 되고,
상처 난 마음도
그리움으로 남고,

삶이 아픔만 가득할까?
들리는 피아노 소나타처럼
그 고통도 언젠가
내 안의 고운 약이 되어,
미소 짓는 삶으로 남겠지

시인의 말

「삶과 계절, 그리고 무용한 것들에 대한 사색」

나무와 꽃도 빛이 들어야 비로소
자신을 드러내고 싱그러움과 찬란함으로
계절을 맞이합니다.

나의 계절도 때마다 빛이 필요했고
한여름의 무궁화처럼 피고 지기를
반복하더라도 결국 자신의 아름다움으로
오늘의 꽃을 피우며 살아가기를 바랐습니다.

계절을 거닐고 자연을 탐닉하며
오늘을 살아갈 마음을 껴안습니다.
계절과 자연이 주는 것들은
언제나 무해하며 봄 속에 머물게 합니다.

앞으로 우리에게 남아 있는 계절과
자연이 주는 것들을 탐닉하며 짙은 감수성으로
삶을 바라보는 시선을 더 따뜻하게
내면을 더 풍요롭게 채워 갔으면 합니다.

그리고 그것으로 인생의 빛을 발견하고
오늘을 잘 살아가면 좋겠습니다.

_ 시인 손주미

그 봄에 나는 살고 있다

노란 봄이 왔다
흑빛이던 인생에도 노란빛이 든다
초록 잎이 움튼다
새롭게 자라지 못할 것 같았던
인생에도 싹이 튼다

봄을 기다리는 것은
다채롭고 싱그러운 색을 지니기 위해서다

봄을 기다리는 것은
새것을 내고 열매를 맺기 위해서다

봄이 오지 않을 것 같았던 인생에도 봄이다
그 봄에 나는 살고 있다

그 봄에

윤슬

바람에 흔들리는 호수의 물결 위로
한낮의 해가 떠올라 비추며
금빛 물결이 반짝인다
저 멀리서도 그 반짝임이
눈부시게 아름다워
홀린 듯 눈을 그곳에 두고 걷는다
윤슬이 되고 싶다
나도 윤슬이 되고 싶다
별처럼 반짝이고 싶고
윤슬처럼 아름답고 싶다
한 번도 가지지 못하였던 것처럼
한 번도 빛내지 못하였던 것처럼
나는 반짝임을 소망한다
혹여 사라질까
담아 두고 싶은 마음은 욕심일까
한없이 바라보지만
그것은 나의 소망일 뿐
윤슬은 그저 금빛으로 흐르고 흐를 뿐이다

찰나의 벚꽃

비와 바람 사이로
만개했던 벚꽃잎들이
하늘하늘 떨어진다

무수히 흩날린 꽃잎길을
한 걸음, 한 걸음 걷는다
벚꽃은 지는 순간마저 아름답구나

따스한 햇살 속
핑크빛으로 하얗게 빛나던 찬란함은
서서히 이별을 고한다

내게 설레는 봄을 주고
모두 담아내고 싶던 마음을 주고
찰나의 빛으로 사라진다

찰나의 벚꽃,
안녕

나의 생도 그렇듯 피고 진다

반짝반짝 빛나는
화려한 꽃의 삶을 원했지만
그 어느 꽃도 영원히 반짝이지 않으며
지지 않는 꽃은 없음에 겸허해진다

봄을 설레게 하는 핑크빛 하얀 벚꽃도
초여름에 담장마다 넘실거리는 빨간 장미도
들에 핀 이름 모를 풀꽃들도
때를 알아 피고 진다

꽃의 계절은 짧기에 화려하고
아름다운 것이 아닐까

나의 생도 그렇듯 피고 진다
오래도록 아름답지도
오래도록 지는 것도 아닌
피고 지는 것을 반복하며
나의 생을 한 번씩 반짝이고
새 꽃을 피운다

나는 우주의 별이 되어

나는 우주의 별이 되어
광활하고 어두운 밤하늘 한켠에
반짝이고 싶다
이 지구에서 나는 별이 되지도
빛을 내지도 못하였다
고개 들어 하늘을 보니
유독 별 하나가 반짝이며
내게 손짓을 한다
마치 내가 빛날 자리인 것처럼

나는 꽃이요 꽃으로 살고 싶다

나는 꽃이요 꽃으로 살고 싶다
들풀에 가려진 소박한 이름 모를 꽃일지라도
장미나 작약처럼
늘 화려하게 피어나지는 못할지라도
존재하는 것만으로도
웃음을 짓게 하고
행복을 줄 수 있는 그런 꽃

꽃이 꽃으로 피어 있는 것처럼

그 누군가 흔하다 말하는 꽃이라도
눈에 보이지만 눈에 띄지 않는 꽃이라도
꽃은 꽃으로 피어 있다

그 누군가 알아주지 않는 꽃이라도
이름도 모르고 그 쓰임도 모를 꽃이라도
꽃은 꽃으로 피어 있다

나도 나로 피어 있고 싶다
세상에 태어나 아무것도 되지 못하였어도
그 무엇이 되지 않는다 해도
세상을 따라 살지 않고 홀로 피어 있어도
나는 나이기에 아름답다고

꽃이 꽃으로 피어 있는 것처럼
나도 온전히 나이고 싶다

봄비

또옥 또옥 똑 또옥 또르르
봄비가 창을 두드린다
비바람이 부는 밤
가로등 아래 벚꽃나무 하나가
핑크빛 꽃잎에 봄비를 촉촉이 적시더니
바람에 흔들리며
그대와 나에게 이 밤을 기억하라 하네

당신이 좋다

흐르는 물결과 따스한 햇살과
봄 내음 가득한 바람과
산들거리는 벚꽃잎들 사이로 우리는 거닌다

가깝지도 멀지도 않게
수줍지만 어색하지 않게
서로를 알아갈 듯 말 듯하게

굳이 말하지 않아도
이 시간이 당신에게도 좋을 것임을 안다
그저 거니는 것만으로도
그것이 주는 설렘이 좋다

함께여서 좋다

당신이 좋다

우리에게 없던 봄날은

벚꽃이 봄에 눈뜨며
하얗고 핑크빛 가득함으로 피어날 때
너와 함께 거닐 거리들을 꿈꿨어

너는 늦여름에 나를 찾아
낙엽이 휘날려 소복이 쌓이는
늦가을을 지나
추위에 손이 꽁꽁 얼 것 같은
겨울에 떠났지

가을에서 겨울 사이의 그 간극처럼
우리의 온도도 그랬어
좀처럼 따스하게 녹여지는 법이 없었지

산설함은 차가운 겨울 바람에
흩어져 닿지 않았어

올해도 어김없이 봄의 꽃들은 만개하고
너와 거닐 수 없던 그 꿈이 그리워
우리에게 없던 그 봄날은
오랜 아쉬움이 되겠지
우리에게 없던 그 봄날은
그렇게 너에 대한 향수와 함께 찾아오겠지

그리움

별처럼 반짝이는 마음을
내게 준 이들이 있다

달처럼 빛나는 마음을
내게 준 이들이 있다

그 마음을 오래 간직하지 못한 채
이별을 했고 후에 그리움이 되었다

이어갈 마음이 부족했던 후회가
고마웠던 마음을
오래 간직하지 못한 미안함이
그리움 사이사이로 밀려온다

나는 그 이들에게 별의 한 조각은 주었을까
나는 그 이들에게 달의 한 조각은 주었을까

별들의 기억

무수히 많은 별들의 반짝임 속에서
우리의 우정이 있었고
당신과의 사랑이 있었네
변하지 않고 늘 반짝이고 있을 별들처럼
우리의 우정은 영원하고
당신과의 사랑은 불변할 것 같았지
변하지 않은 것은
그날의 무수히 반짝이던 별들
쏟아질 듯 빛나던 그것들에
눈을 뗄 수 없던 기억
모래바람처럼 흩어져 사라진
우리의 마음을
그날의 별들은 기억하겠지

별들은 기억하겠지

별들의 기억
우리의 마음

홀로 핀 민들레 한 송이

길가에 덩그러니
홀로 핀 민들레 한 송이
그냥 지나치지 못하고
눈에 들어 한참을 본다

하늘을 향해 활짝 피어난 꼿꼿함이
아주 작고 작은 해바라기 같기도 하고
그 큰 길가에 홀로 노랗게 반짝이는 것이
땅 위에 별 같기도 하다

혼자서도 곧게 피어날 수 있다
혼자서도 충분히 반짝일 수 있다
홀로 핀 민들레 한 송이처럼

나는 홀로 행복하네

무리지어 핀 꽃이 되지 못한
나는 홀로 피어 있다

민들레 홀씨 되어 바람 타고
곳곳으로 날아가 보지만
날아간 그곳에서도
나는 홀로 피어 있다

본디 씨앗이 홀로 뿌려져서일까
무리를 피해 날아간 탓일까
나는 홀로 피어 있지만
홀로 피어 있기에 고요하다
그 고요 속에 행복이 있다

나는 홀로 행복하네
그 고요 속에서

꽃은 희망

꽃을 피워야지
우기 같던 마음에 싹을 틔우고
꽃을 피워야지
화려하지 않지만 작은 꽃이라도
잠시 피었다가 시들어 버리는 꽃이라도
나는 꽃을 피워야지

꽃을 피워내는 것은
나를 숨 쉬게 하고 존재하게 하는 것
다시금 나는 꽃을 피워야지

꽃은 희망

살아서 피어난 것만으로도

장미가 아니면 어떠할까
작약이 아니면 또 어떠할까
눈부시지 않아도
살아서 피어난 것만으로도 족하다

돌틈 사이로 피어난
잡초이면 어떠할까
누구의 발끝에도 닿지 않는
풀꽃이면 어떠할까
햇살 한 줌에 고개를 들고
바람 한 줄기에 웃을 수 있다면
그것으로 족하다

이름 없는 꽃이라도
누군가의 기억에 남지 않더라도
살아서 피어나
잠시 세상을 물들였다면
그것으로 족하다

오늘을 살아가렴 꽃처럼 아름답게

우울하면 과거에 사는 것이고
불안하면 미래에 사는 것이다라는 노자의 말
내가 되새긴 과거는 얼마이고
내가 상상한 미래는 얼마던가
내가 흘려낸 우울은 얼마이고
내가 견딘 불안은 얼마인가

오늘을 살아가렴
꽃처럼 아름답게
지금 이 순간을 사랑하며 살아가렴
풀잎처럼 싱그럽게

흘려낼 우울도 없이
견뎌낼 불안도 없이
그렇게 아름답고 싱그럽게
오늘을 살아가렴

삶은 인내로 피어나는 것

가장 절망스러운 때는
살아야 할 희망을 찾지 못하였을 때이다

그래도 한 줄기 빛이라도 들면
나는 다시 어떻게든 살아가고 싶다

오늘 아침 화분에 꽃이 피었다
이슬 맞은 꽃봉오리가 살포시 피어나며
내게 그럼에도 불구하고 살아가란다

가장 아름다운 꽃은
결코 쉽게 피고 지지 않으며
꽃의 삶이 그러하듯
삶은 인내로 피어나는 거라고

여름 향기가 물씬하게

송글송글 땀이 차올라 맺힌다
눈을 가늘게 뜰 수밖에 없는
한낮의 해는 따사롭다
어디선가 뜨겁게 데워진 바람이 불어와
내 살결과 나무의 잎들을 스쳐 살랑댄다
나무가 무성한 곳 그늘에 앉아
그 뜨거운 살랑거림과 따사로움이
반복하는 것을 물끄러미 바라본다
내가 잊고 있던 여름의 향기가
물씬하게 다가왔다
송글송글 땀방울도
뜨겁게 데워진 바람도
나무 그늘 사이로 스며드는 따사로운 햇빛도
더위를 모를 것 같은 하얀 뭉게구름도
물씬하게 다가왔다
한동안 물끄러미
그 여름 향기에 취해
나는 그곳에 있었다

우도 바람이 살랑살랑

살랑살랑
왜 자꾸 불어
내 마음 설레게

창밖으로 보이는 뒷마당에
제주의 우도 바람이 살랑
찌는 듯한 더위인데
바라보고 있노라면
내 마음 설레도록 고요히 불어
풀잎들을 살랑살랑 속삭이고
더위마저 살랑살랑 씻어 간다

아무것도 하지 않아도 행복하고
인생이 아름다워 보이는 때란 이런 것
우도 바람이 살랑살랑 스치고 간다

짝사랑

잠시 걸을까요 하던
당신은 두어 걸음 앞서 걷고
나는 두어 걸음 뒤에 걷는다
늦은 여름의 밤
덥지도 선선하지도 않은 밤
당신을 바라는 나의 마음도 그러해야 했다
풀벌레 귀뚤귀뚤 울음소리를 반기는
당신을 사랑한다
그런 당신에게 기울이느라
나는 풀벌레의 울음을 듣지 못하였다

여름의 향기에 가을이 스며든다

풀내음이 진하게
나의 걸음 안으로 다가온다

가을 바람 사이로
여름이 가시지 않았다며 콧자락에
풀내음이 가득

갈 곳을 정하지 않은 걸음에
생각은 아니하고
푸르른 하늘 가을빛 담아
풀내음이 가득

여름의 향기에 가을이 스며 들어가는
그 간극이 좋아 나의 걸음은
이곳저곳으로 걷고 또 걷는다

초록의 싱그러움이 생에 전부가 아니라

가을이 지나가고 있다
초록의 넘실거림들이 각자의 색을 찾아
빨갛게 노랗게 이 가을을 물들인다
초록이던 세상에서는 다 같은 줄 알았는데
서서히 저물어 가는 시간 속에서는
이제야 본연의 모습을 나타내듯
각자의 아름다움으로 마지막 모습을 남긴다
나무에게 있어 꽃다운 시절은
이 계절이 아닌가 싶다
초록의 싱그러움이 생에 전부가 아니라
저무는 시간 속 농익음을 위해
계절을 보내왔다고
이 가을에 서로 다른 빛깔과
아름다움으로 말하고 있다

밤 구름 뒤에 가려진 달빛에

밤 구름 뒤에 가려진 달빛에
마음 둘 곳 없는 내 마음은 길을 잃고

밤 구름 뒤에 가려진 달빛에
홀로 서 있음이 고독해지네

빛을 잃은 것은 잠시뿐이라고
밤 구름이 지나간 뒤에는 다시 빛날 거라고
달의 속삭임이 나를 위로해줄까

밤 구름 뒤에 숨어 버리고 싶은 밤
잠시 존재하지만 존재하지 않은 것처럼
가려지고 싶은 밤

달이 차오르면

은은한 빛을 품은 너를 하염없이 바라보았다
화려하게 늘 반짝이고 싶던 나는
너를 만나고 그렇게 빛나고 싶었나 보다
뚜렷이 반짝이지는 못해도
늘 은은한 빛을 지닌 나로 말이다

달의 조각에서 차오르는 너에게서
나는 눈을 떼지 못하였다

달이 차오르면

달이 차오르면

하룻밤 꿈처럼 지나간 것은

하룻밤 꿈처럼 지나간 것은
나의 사랑이었나

하룻밤 꿈처럼 지나간 것은
나의 이별이었나

아니면 나를 사랑한다던 당신이었나
아니면 우리의 만남이었나

하룻밤 꿈 같은 시간
기쁨과 환희
슬픔과 좌절이
공존하던 시간

꿈처럼 사라져 가네
어젯밤 꿈을 기억하지 못하는 것처럼
처음부터 존재하지 않았던 것처럼

바람이 좋다

바람이 좋다
너를 담아 간직할 수 있다면 좋겠다

바람은 잊혀졌던 추억을 더듬는다
내 살결을 스치며
내 머릿결을 나부끼며
다시 돌아왔노라 속삭인다

눈을 감고 살며시 숨을 들이쉬면
바람의 기억들이 몰려온다

함께 거닐던 길
행복했던 시간
바라보던 풍경

바람이 좋다
설레는 추억으로 내게 다시 찾아오는

바람이 좋다

나무 그늘 아래 누워

나무 그늘 아래 누워
가을 하늘 바라보며
내가 사는 세상을 거꾸로 바라본다
살면서 이렇게 하늘을
바라본 날이 얼마나 있을까
그저 고개 숙여
짙은 한숨 가득하지 않았는지
이 소박함에도 숨 쉴 수 있는 것을
무거운 짐 가득 왜 숨 쉬지 못했는지
하늘을 전삼아 나뭇잎을 수놓아 보고
하늘 바탕에 상상의 그림도 그려본다
하늘은 고요하고 순수하다
억지스러움도 가식적임도
너는 담고 있지 않다

세상이 다 변해도 난 너를 기억한다

세상이 다 변해도 난 너를 기억한다
단 한순간의 추억이 아니니
너는 내게 낭만이고 사랑이고 그리움이다
어둑함이 가득 물든 밤
홀로 달빛만 드리워진 너를
고요히 바라보며 우정과 사랑을 나누던
그때를 되새긴다
머리카락 사이로 스쳐 지나가는
바람의 설렘처럼
나는 너를 통해 그때를 추억한다

어느 가을밤의 기억

어두워진 골목
서늘해진 늦가을 바람에 낙엽이 휘날린다
가로등 아래 남자는 낙엽 비를 맞으며
기타 선율 위에 자신의 노래를 얹는다
한동안 멍하니 그 노래에 젖어 본다
관객의 박수에 고갯짓 인사를 건네며
기타 연주와 노래를 말없이 이어가는 남자는
늦가을의 풍경을 닮아 있다
남자의 노래는 귓가를 맴돌고
내 마음 촉촉하게 적시며 설레게 한다
사랑하고 싶게 만드는 계절
한동안 잊지 못할 것 같은 이 밤

고독의 계절

찬바람이 불어오기 시작하는 때가 되면
마음의 한구석인지 전부인지 모를
헛헛함과 함께 그 계절의 친구인
고독이 찾아 온다

그 누구는
고독은 친구가 될 수 없다 말하고
그 누구는
고독은 불필요한 것이라 말하지만

나에게 고독은 때로는 필요하다고
그를 통해 창조의 세계를
넓혀갈 수 있는 길이라 말한다

세상에 홀로 서 있는 것처럼
외롭고 쓸쓸한 마음으로
상념에 젖기도 시를 쓰기도 하면서
고독의 계절을 지나간다

찬바람이 분다 찬바람이 불어와
나뭇잎이 흔들거림에 고독이 묻어 있다
고독을 묻은 채 이제 곧 흩날리겠지
고독의 계절은 그렇게 잠시 머물다 가겠지

오늘도 당신과 걸었어요

따스했던 한낮의 해가 노을로 넘어가고
가는 길마다 높게 자란 억새풀이
가을바람 따라 하늘하늘거리는
그 길을 당신과 걸었어요

앞서 걷던 그대의 발자국을
고스란히 밟아가듯
아무도 모를 설렘을 담아
당신과 걸었어요

시선을 당신에게 두고
손끝에 닿는 보드라운 억새 물결을
살포시 어루만지며 걷던 그 날을
오랫동안 간직했어요

억새풀이 노을 빛에
무성하게 하늘거리는 가을이 오면
내 앞에 당신의 뒷모습이 있습니다
그리고 그 모습을
사랑하던 내가 있습니다

오늘도 당신과 걸었어요

시인의 계절

가을의 끝자락에
코끝이 시린 바람이 불어와
낙엽을 우수수 떨구어낼 때면
고독을 머금고 시를 쓰고 싶다

고독을 사랑하고 싶게 만드는
노랗고 빨갛게 농익어가는 계절 속에서
고독을 사랑하는 마음을
시린 바람에 흔들리는 낙엽에 두고
시를 쓰고 싶은 마음을
소복소복 낙엽 위를 거니는 걸음에 두며
시인이 된다

시인의 계절은
고독과 사색이 어우러지는 때가 아닐까
코끝이 시려워졌다
시를 써야겠다

찰나의 빛이 내린다

인생은 찰나의 순간들이 지나간 듯
어느새와 빠르게라는 말이
신음처럼 터져 나온다
오랜 시간을 지나왔고
많은 일들을 해왔음에도
기억되는 것은
인생 곳곳에서 찰나처럼
스쳐가는 것들이다

인생은 찰나
인생은 찰나

찰나의 빛이 내린다

겨울의 바다를 좋아한다

겨울의 바다를 좋아한다
고요함 속에 넘실거리며
내게 다가오는 그 파도가 난 참 좋다
그 파도를 바라보고 있노라면
살면서 짊어진 마음의 무거움들을
하나씩 하나씩 휩쓸어 가는 것 같다

내게 다 내려놓고 가렴
내게 다 내려놓고 가렴

그리고 새로운 마음으로 다시 살아가렴

나는 겨울나무와 같은 사람이 되고 싶다

나무의 가지가 앙상해졌다
춥고 추운 겨울을 이겨내리라 하던 나무는
묵묵히 그 다짐을 지켜내고 있다

앙상함, 그것은 쓸쓸함이 아니다
가지는 앙상하지만 그 내면은 견고하다
그래서 나는 겨울나무가 가장 아름답다

내면이 견고하여
아름다운 사람이 되고 싶다

아픔도 슬픔도 기쁨도 넉넉히 포용하며
거친 풍랑에도 경험을 닻 삼아
무던히 이겨내고
지혜와 용서와 사랑의 길을
능히 걸어갈 수 있는
아름다운 사람이 되고 싶다

나는 겨울나무와 같은 사람이 되고 싶다

나는 바다이기도 호수이기도 하다

바다를 찾는 것은
내게 파도처럼 떠밀려 온 상념을
다시 파도와 함께 떠나 보내기 위해서다

호수를 찾는 것은
바람에 따라 고요하기도
잔잔히 출렁이기도 한 모습에
나도 잠잠히 사색하기 위해서다

나는 바다이기도 호수이기도 하다

나에게 남은 모든 계절을

모든 계절이 소중해졌어요
앞으로 나에게 몇 번이나
남아 있을지 모를 계절을
온전히 사랑하고 싶어졌어요
내가 지나온 계절들은
당연한 것들이 아니었어요
그래서 이제 누군가 나에게
어느 계절이 좋으냐고 묻는다면
이제는 봄, 여름, 가을, 겨울
모두 사랑한다고 말할 거예요
겨울은 하얀 세상을 마주하며
작은 따뜻함에도 눈 녹듯 행복할 수 있고
봄은 여기저기 피어난 갖가지
꽃과 풀잎들에 싱그러움을 사색할 수 있고
여름의 뜨거움은 시원함을 주는 것들에
감사하며 즐길 수 있고
가을은 초록이던 잎을 색색으로 물들이며
떨어지는 낙엽에 고독을 느낄 수 있으니까요
모든 계절을 사랑합니다
나에게 남은 모든 계절을요

나에게 사랑을 심는다

나에게 사랑을 심는다

사랑이 존재하지 않은 것처럼
사랑이 소멸해 버린 것처럼
내어줄 것이 없다 했는데

나는 나에게 사랑을 심어준 적이 없었다

사랑은 영원하지 않아도
새로운 열매를 맺듯
그렇게 소생하는 것이 아닐까

나에게 사랑을 심는다

싹을 틔우고 꽃을 피우며
새 열매를 맺도록

나에게 사랑을 심는다

그것은 바질이 되기도
벚꽃이 되기도
토마토가 되기도 할 것이다

오늘도 시를 씁니다

오늘도 시를 씁니다
글에 꽃잎을 얹고
풀잎들을 고이 두며
시를 씁니다

오늘도 시를 씁니다
글에 별 하나를 따다가 끼워 넣고
영롱한 달빛을 가득 담아
시를 씁니다

나의 시가
당신의 마음과 생각을 두드리고
시의 사이사이에서
꽃의 향기로움과 풀 내음
잊고 있던 사색과
인생의 빛을 발견하기를
그리고 오래도록 흘러가기를

나의 시가
당신에게 닿기를 바라며
오늘도 시를 씁니다

「우리는 끝내 서로를 두드릴 것입니다」

디지털 거미가 쳐 놓은
촘촘한 그물망 속에서

함정처럼 서로를 잃어가는 우리이지만,
아직은 따뜻한 손 간절하게

때로는 조금 뻔뻔하게라도
한번 내밀어 보면 어떨까.

_ 시인 박율산

「우리는 끝내 서로를 두드릴 것입니다」

이어폰 (절반의 소리)

지하철의 덜컹임
켜켜이 쌓여가는 고통

한쪽은 벌써 고장 나
귓구멍이 텅 비었고

남은 한쪽으로
어떻게든 세상을 막고 있다

뒤엉킨 선을 풀다
심장의 숨통마저 매듭처럼 잡아챘다

자유를 듣는다기 보단
고립의 압력을 버티는 중

앞자리 입술이
무언갈 흥얼거리지만

귀는 여유가 없다

구멍 난 귀
힘을 불어 뚫어보니

낯선 숨결이
순간 노래처럼 흘러든다

이어폰을 빼지 않은 채
차창으로 지친 주변을 바라본다

비슷비슷한 얼굴들
스마트폰 불빛에
반만 물들어 있다

유튜브 (낙원의 알고리즘)

스스로 찾아 나선 끝없는 단절
갈망하던 자유 끝 덤으로 구한 고독

붉게 빛나는 환희의 백상지 속
휴식 없는 수고로움
주울 것 없는 만물의 생태계

새벽 바다 위
옅은 광휘의 출구
개최된 화려한 가짜 낙원

얼굴이 그려진 가면들의
존재 상실 무도회

찾아다닌 낙원의 가운데
길을 헤매는 자유인과
웃음과 눈물을 파는 삐에로가 많았다

오늘도
고독을 클릭하려
수갑을 헐겁게 풀어본다

WIFI (악수요청)

미로 정원의 간절함
곁을 내줬으면서도
입가는 알 수 없는 미묘한 다뭄

보물찾기 같았던 너의 흔적
함정 속에서 내민
응답 없는 무수한 악수 요청

타란튤라가 얽어낸 환상의 미로 속
세로줄이 되어 맞잡아준 손은
빛으로 달려와 꽃으로 피어난다

그날 민들레처럼 밝혀주던 그 따스함
기억의 편린
후- 하고 불어 본다

감각의 경계를 스치는 짜릿함
너와 허공에 날린 신호가
보물 아닌 별빛으로 우릴 채운다

리모컨 (멈춰 선 채널)

손바닥 위 작디작은
네모난 밤하늘

별 같은 신호
눈부시게 쏟아지지만

그 빛은
더 큰 네모 안에서만
숨 쉬고 있다

웃음도 슬픔도 사랑도
틀 안에서 피어나고
그 틀 안에서 스러졌다

손가락은 미끄러지듯
넘기고 넘기며
멈춰 선 권력을
만끽했다

결정은 내 몫
결과는
누군가의 편집본

잠시 멈춘 신호
따라 선 선택
멀뚱히 선 환상만
반짝인다

지금 이 Scene 누구의 꿈일까

만져보는 얼굴
내려놓은 손바닥
굳어버린 소파 위로

아직 뜨거운 숨을
내 보낸다

클라우드

소중한 기억을
허공에 맡긴다

손과 눈이 닿지 않는 곳
빛과 그림자 사이에

숨기고 싶은 비밀
시장 복판에 접어놓는다

시선들은 수다스럽게 반짝이고
스쳤던 온기가 두근대듯 선명하다

지워질까 사라질까
스멀스멀 피어나는 전류는

흐릿해서 무겁게 흘러가
크게 뜬 구름이 된다

회색 창고 구석을 부유하며
희미한 빛 낡은 그림자 틈에서
추억을 캐내고 기억을 헤집는다

손끝에 들린 한 조각
잠시 품었다 다시 구름에 건넨다

용량부족

세상은
무제한 요금제를 쓰나 보다

새로고침 하라고
다음 버전으로 업데이트하라고 난리다

나는 용량 꽉 찬 스마트폰

꼼지락 꼼지락 오래된 사진 몇 개 지워
겨우 새로운 것 내려 받고

후-

숨 한번 내쉰다

요즘 노래

무슨 놈의
세상이

슬픔도
사랑도
희망도

다 짧아져만 가나

긴 노래는 한없이
서럽다

키보드 (마음의 위치)

ㅅㅏㄹㅏㅇ
손가락은 부드럽게
하얗고 네모난
규칙을 불러낸다

ㅈㅓㅇㅇㅡㅣ
손가락이 불 뿜으며
하얗고 네모난
규칙을 불러낸다

언제부터일까? 사람이
키보드 위에서만 살아있다

타닥 소리로 태어나고
뒤로가기에 죽는 생명

죽은 것들은
감각의 눌림 아래 가만히 엎드려 있었다

솜털이 일어선 때
밖은 어둡고
창은 아직도 닫혀있던,

발끝이 흙먼지 안고
문을 두드리는 박자로
불러낸 소리
나아가듯 새로 태어났다

바람이 손가락 사이를 지나갔다

좋아요

진심으로 눌러 담은 느낌
좋아요를 갈구하는 좋지 않은 상태

주머니 속 티끌까지 모두어 띄워보아도
쥐지 못한 것들의 비웃음
나를 끌어내린다

말 없는 알림창의 고백
계속 확인했고
빈 하트 눈에 밟힐 때마다
그 구멍에
나를 던져 넣었다

잘려진 프레임 속
아무리 나를 높이 세워두어도
바깥의 나는
계속 흐르고 있다

흘러가는 나에게
'좋아요'가 아닌

내 주머니 속 꺼내 든
빨강을 칠한다

추모 (진짜 추도식은 아직..)

보는 중입니다
누가 더 슬퍼 보이는지

흐려지는 조명이
가장 먼저 울었습니다

눈물은 카메라만 쫓습니다
그래서 더 아름답다고
사람들이 속닥거립니다

웃음은 검은 리본 모양으로
가슴마다 얹혀 있습니다

사람들은 저마다 리본이
크게 울 수 있도록
잘 고쳐 답니다

의심은 단상 위 국화보다
먼저 피었습니다

이 자리에선 아무도 진심을 꺼내지 않습니다
진심에는 관심 없다고
식순에 적혀 있었거든요

사람들은 식순을 잘 깔고 앉아 있습니다

이 자리에서만큼은
절대 금합니다

이미 하고 있는 일들—
눈치보기 감시단속 우열경쟁

사회자가 다시 마이크를 듭니다
정숙해 주십시오

이제부터
정말로 슬픈 추도식을 시작하겠습니다

네비게이션

"경로를 재설정합니다"
너는 가던 길에서
옆으로 미끄러지듯 길을 바꾼다
망설임 같은 건 너에겐 없다

낯선 간판
기억나지 않는 냄새
어디로 들어서야 할지 몰라
멍하니 서 있다
클랙션 소리에 어깨가 움츠다

인생은 드라이브
꿈은 브레이크 없이 질주하는데
내 발자국은
오거리 그 붉은 신호 앞
잠시 숨을 고른다

신호는 각기 손짓하지만
꿈은 눈을 감은 양 멋대로
달려간다

나는 잠시
주머니 속 네비게이션을 꺼내

머릿속에 넣어보지만 화면은 검게 식었다

열한 살쯤 마음이 고장 나
구겨 넣어둔 그것
어딘가를 가리키려 애쓴다

간헐히 울리는 신호에
얇아진 귀를 벽처럼 기울인다

내 발도 끝을 뗀다

다이어트

계약서 없이 진하게 쓴 결심
증인 없는 외로운 약속
닿을 수 없는
무지개의 시작점

출발선 위 퍼진 총성
생사의 경계 가르듯
날카롭고

결과의 속삭임
비웃음의 무게가 더한다

같은 뿔이 자란 거인들
잡혀 휘날리는 방패연처럼
깎여낸 가면을 쓰니
웃고 있는 걸까?

이것은 날갯짓인가
묶인 춤인가

풀리지 않는 YOYO의 실타래

나풀거리는 그림자는

내면과 가면 사이를 가로지르며
무지개다리를 오간다

날갯짓을 춤으로 배운 사람들

무채색 무지개 위에서
오늘도 결심한다

도마뱀 (자절* 이후)

바라본다
본능처럼
끊어 내고 도망쳐온
무력한 모퉁이에 숨어

애써 숨 고르며 채우려 해보지만
잘린 꼬리 끝 붉은 구멍은
모든 것을 흘리고 있다

포식자가 떠나간 후에야
짓이기고 앉아 묻는다

살기 위해- 였을까
아니, 그냥 살았던 걸까

빨려 들어갈 듯한 구멍으로
지금도 무언가 흐르고 있다

버린 건지 도려낸 건지
남은 건지 남겨진 건지

생각이 상처를 물어뜯는다
나였던 것들이 나를 차갑게 적신다

눈알이 부풀어 오른다
눈알이 아니라 두려움이겠지

그래도 본다
보다가 다시 껌뻑-

'나는 여전히 나인가?'

묻고 있는 입술 안쪽
혀는 이미 다른 색깔이다

*일부 동물이 위기를 벗어나기 위하여 몸의 일부를 스스로 끊는 일.

콘센트 (빠진 플러그)

빤히 보고 있는 구멍 속
무엇이 흐르기에

말 없는 라디오
주파수를 못 붙들고

새벽처럼 검은 텔레비전
이름조차 띄우지 못해

나도 혹시
빈 구멍을 찾는
플러그일까?

호흡은 있지만
회로는 끊어진 듯
작동을 모른다

나는
가득 차고도
끓어오르지 못한 커피포트

모락모락 김을 내고픈
따스한 차 한잔

어디든 건네고픈
빠져버린 플러그

저들은
잘 꽂힌 자리서
춤추고 웃고 속닥거리는데

누군가
저 빈 구멍에
한 번
꽉 꽂아 준다면

성장 (뻔뻔하다는 것)

긴 겨울 다 녹기도 전에
다짐을 잘못 꺼내 삼켰다
가벼운 혀 아래 약속은 썩어갔다

눈부신 봄
폭죽처럼 터지는 꽃잎 아래서
그저 구경만 했다

찰나 간 피었던 언약
덧없이 흩어지는 소리 들렸다

붙잡을 틈 없던 단단한 봉오리
남은 것은 노오란 꽃가루

초라한 몸뚱이 가리려
아무 잎이나 걸쳐 입었다

습기 어린 초록 냄새가
언젠가 숨긴 약속 같았다

이렇게 기다리다 스러지고
스러진 채 또 기다리며 ―

봄날의 한 귀퉁이에서
조용히 조금씩
뻔뻔해짐을 입는다

이름 (지금의 이름)

처음엔
모든 게 내 것이었다

동산의 중심에 선 채
햇빛도 바람도 시간도
내 이름을 부르는 줄 알았다

농익은 과일도
내 것인 줄 알았다

그때
처음으로 나를 바라본 눈
눈동자 속에 비친
처음의 시선

"내 의지대로 움직이지 않는
다른 이름"

그 깨달음이
선악과처럼 목에 걸렸다

순간
어른이 되었다

하와는 울지 않았다
아담도 도망치지 않았다

다만
괴롭도록
세상의 일부가 되는 법을 배웠다

죄가 아니었다
그건
사랑처럼 아픈 성상

그림자와 빛이
처음 나뉘던 날
우리는
지금처럼 아픈 이름을 읽었나

외투 (너덜거리는 간격)

벌거벗은 사람들
외투를 선물 받았다

울림소리 자수 놓아진
걸친 것만으로 곁에 살짝 더
다가갈 수 있었던,

언제부턴가 속이 들릴 만큼
만큼 얇아져 간다

힘겹게 걸치고 있었지만
벗을 수가 없었다
벗으면 너무 적나라할 것 같아서

점점
벗은 몸들이 자랑스럽다

보이고 찌르고 내걸었다
피가 아니라 말이 튀었다

그 얇은 것조차 벗을 수 있다니

남은 잔여를

겨우 안으로 당겨 여몄다

경전은 그것을 죄라 했는데
발가벗은 이곳엔
왜 천국의 간판이 달리지 못할까

너덜거리는 옷깃 놓아버릴
자신이 없다
이것마저 벗어버리면 몸뚱이는 무엇으로 남을까

흘러내리는 어깨 겨우 붙잡고
굴러다니는
단추 하나
천천히 집어 든다

지우개 (남은 것들)

너의 말에 베이던 날은
가만히 웅크려
남겨진 종이를 쓰다듬곤 했다

검은 흔적 마음 같아서
조심스레 문질러 보지만
자국은 늘
부풀어 가라앉듯 남았다

지워진 것 아니라
밀려나 숨 참던 자국들

지우개가 닳는 만큼
나도 조금씩 작아졌고

남은 것들 힘겹게 부스러져
겨우 속으로 스며들었다

지운다는 일은
덮는 것이 아니라
얇게 벗겨내는 것이었다

그래서 오래된 지우개

자주 쥔 쪽이 더 따뜻했구나

그렇게
지우고 지우고 남은 것들로
한 줄의 문장이 되어간다

꽃밭 (어련히 피는 꽃)

네 꽃밭은 빛나는데
내 밭은 무너진다

넌 빛을 품고 피는데
나는 왜 그림자만 심고 있었을까

요람이 달라 다른 꽃이 피는가
내 꽃밭은 울음만 양분으로 뿌렸다

나는 꽃을 심으며
한 번도 봄을 믿지 않았나 보다

비틀린 밭에서도 나는 필 텐데
흉내 내지 않아도
빛나는 법을 어련히 배울 텐데

내 밭도 노래로 갈아보자
흙을 뛰노는 맨발들처럼
한 발 한 발 웃음을 뿌려보자

그래
상처를 꽃처럼 피워 보이자

내 꽃밭의 기이한 꽃들을
너희도 울다가 사랑하게 되도록

해피엔딩 (남을 방법)

시작부터
나는
웃으며 덮을 마지막을
펼쳐 놓았던 것일까

아프지 않기를 바라는
어렸을 적
막연하고도 서툰 기도처럼

적당히 표정을 감추었던 너
곱게 펼친 페이지
가면을 들어 올리곤 차갑게 퇴장한다

무정한 손가락 떨리던 순간
괴롭도록 품고 싶지 않은 그 생채기
가슴 안쪽 가장 여린 곳에
시리도록 새겼다

상처는
사라지는 법은 가르쳐 주지 않았다
남는 방법만
눈물로 길을 내며 알려주었다

이 자국
눈물 자국처럼
더 진하게 전해 줄
밑줄로 남는다

팽이

돌아야 선다
멈추면 쓰러진다

팽이가 아닌데,
쓰러져 있으면 뭐 하냐 묻는 사람들
세상이 저리 돌고 있는데 잘 서 있다 말하는 사람들

오늘도 여기 빙글뱅글 돌며 겨우 서 있다

실패 (달콤한 바늘)

실패가
달고나 같다면

팽팽히 떨리는 바늘의 중간
마침표처럼 깨져버려도

괴롬 슬픔 없이
순간 새 나온 짧은 탄성
툭— 내어 뱉고
달콤함만 톡톡 털겠지

쌉쓰름한 바늘을
부스러기와 녹여 삼키고

다시

뜨거운 바늘 위에 나를 올리겠지

그라데이션

거울 속 거울
끝은 없고 시작도 없어

난 내게 길을 묻고
대답의 거스러미
맘에 들게 다듬는다

좇으려는 큰 별 항상 멀리 떠 있고
눈동자를 관통해야
비로소 빛을 낸다

가슴이 환해지고야
다시 둘레길에 오른다

둥글게 똬리 튼 뱀
나를 물고 나에게 토하며
제 발을 끝없이 밟으며 걷는다

확고한 걸음
길가에 날아든 돌 하나
자국 소리 멈춰 선다

설명 아닌 설득도 아닌

슬픈 목소리
"그 대답에 나는 아팠어"
눈에 들어온 시작의 곁길

그제야
믿고 있던 대답을 듣지 않았다

눈동자를 뚫고 나온 빛
그저 찬찬히 바라본다

빛은 물들이듯 껴안으며
서로의 색을 건넨다

마시멜로 (적당히 익은 마음)

꺼져가는 불 앞에
말랑한 하얀 꿈
하나를 내민다

노릇노릇
살결은 익어가고
속은 조용히 부드럽겠지

자그마한 마음 그렇게
결정이 되어간다

불꽃은 다정해야 한다
가까우면 상처를 주고
너무 멀면 닿을 수 없으니까

사이 어딘가
뜨겁지도 차갑지도 않은
이름 모를 거리에서
서로를 조금씩 녹여간다

먼 곳
뼈처럼 마른 눈물 떨구는 새싹에게
집 앞 놀이터

떨어진 고개에 묶인 꽃들에게

하나쯤
적당히 익은 마시멜로
건넬 수 있다면
내일은 좀 더 달콤하지 않을까?

끌어안아도 타지 않고
막아도 식지 않는
다정한 불 앞에서

서서히 익어가는
마시멜로가 되고 싶다

「그런 날」

바다에 앉는다
쏟아지는 별들과
부딪혀오는 하얀 파도

혼자 있는 그 섬에는
외로움만 남았다

배를 타려나
아니
술을 마신다

아직 떠나지 못하는 미련이
시가 되어 내린다

술이 맛있는 밤이다

_ 시인 최필숙(필이)

우주

.

살아있다는 건

살
아
있
음
으
로

오늘을

견
디
는

그림자

있었다
언제나
여기에
언제나
네 속에
지금도

일방통행

들어서면
되돌아올 수 없는

그래서
더 슬픈

나의 사랑

그리움

그리움은 그리움을 낳고

그리움은 그리움을 낳고

그리움은 그리움을 낳고

그리움은 그리움을 낳고

그리움은 그리움을 낳는다

비수

그대이기에

나와 뼈를 나눈 그대이기에

지금 이리도 아픈 것을

눈

내가 보는 세상은
내 눈에 갇히고 만다

내가 보는 하늘은
내 마음에 갇히고 만다

내가 보는 세상
내가 보는 하늘

세상에 갇혀버린 하늘
내게 갇혀버린 나

끝과 시작

끝이 시작을 안고 돈다
시작이 끝을 잡고 쫓는다

끝인 줄 알면서도
시작인 줄 착각하는

우리 사랑은
동그라미다

들리니

바람이 전해주는 살랑임이
나무가 춤추는 웃음이

들리니

네 마음이 전해주는 속삭임이
네 속에 네가 건네는 미소가

들리니

바람이 전해주는 살랑임이

그런 날

알 수 없는 구름들이
뭉치뭉치
마음속에 자리 잡는 그런 날

구름이
제 무게를 견디지 못하고

한 방울 두 방울
눈물 떨구는 그런 날

살다 보면 있다
그런 날이

처음을 기억하다

처음은 언제나 설렌다
시작인 줄도 모르고 시작한 그때

갑자기 불어오는 찬바람에
몸을 잔뜩 움츠리고 걷던 그때

한 줄기 희망처럼
넌 그렇게 내게로 왔다

알 수 없는 조급함에
숨을 허덕이고 있는 지금

넌 다시 내게로 온다

빛

바라볼 수 없어
눈을 가린다

잡을 수 없어
손을 뻗는다

영원 속에 묻힌
내 사랑은

존재 너머로 가버렸는가

이제
그 어디에도 없다
내 사랑은

묻지 못하는 물음

잘 보내고 있나
묻지 못한다

물어놓고
묻지 못한다

떠나고 난 후
첫해의 텅빔을 알기에

물어놓고도
묻지 못한다

두려움 따위

두려움이 몰려온다
서서히 나를 삼켜
히죽히죽 웃는다

두려움이 몰려온다
이대로 주저앉혀
해죽거리며 웃는다

두려움은
나를 믿지 못하는 데서 시작하는 것

꺼져버려
두려움 따위!

그냥 걷기로 했다

그냥 걷기로 했다

간밤에 술을 마셨던가
밤사이 차인 가스가
숨을 막는다

술을 먹지 않았다

간밤에 먹은 것은
슬픔 한 덩어리
불편함 아홉 덩어리

가슴을 막아오는 답답함을 안고
그냥 걷기로 했다

소리마저 사라진 비를 맞으며
그렇게

그냥 걷기로 했다

흔들리며 피는 꽃

때론
빗나갈 수도 있는 거지
어떻게 늘 맞을 수 있겠어?

초점이 빗나가듯
삶도 때론 빗나가기도 해

그래도 괜찮아
흔들리며 피는 꽃이
때론 더 예쁘거든

지금이 그래
오늘이 그래

초점이 안 맞아 흐리멍텅
그래도 이렇게 깨어있는 걸?
그래도 이렇게 널 볼 수 있는 걸?

흔들리며 피는 꽃이
때론 더 아름다워

지금의 나처럼
오늘의 나처럼

자전거 타는 여자

탄탄한 두 다리
동그라미 밟으며
바람과 함께
달린다

긴 머리 간지럽히는
바람의 장난

바람 한입 가득 먹고
나도 바람 되어
달린다

단단한 두 다리
세상을 굴리며
바람과 함께
달렸다

다시 한번 더
바람아
나를

동그라미가 데려다준 세상

동그라미는
땅으로 떨어져
더 큰 동그라미를 만든다

가슴이
뜨거운 회오리감자처럼
돌돌 말려 올라간다

땅에 그려진 동그라미
우주를 빨아당기듯
데려간다 나를

어린 시절
마음 밭을 데워주던 외할머니 계신 그곳
툇마루 가득 햇살이 잠을 잔다

동그라미가 데려다준 세상
비가 데리고 간 그곳에서

잠시
아주아주 잠시
쉬다 온다

거짓말 같은 하늘

언제 그렇게 어두웠냐고
언제 그렇게 안개가 가득했냐고

떠나갈 듯 울다가도
안아주는 엄마 품에서
금방 웃는 아기처럼
하늘이 쌕쌕 웃는다

눈물에 어둠을 씻어낸다고
눈물에 안개가 바다로 간다고

거짓말 같은 하늘이
토닥토닥
잘했다 잘 견딘다
안아준다

또로로록
눈물 한 방울 떨어져
이슬이 된다

이젠 일어설 거라고!
삐거덕거리는 다리로
다시 일어설 거라고!

젖은 마음 말리기

가을 새벽 서늘한 공기에
몰래 뿌려놓고 가는 회색 바람

마음이 젖어버린다
비에 옴빡 젖어버린다

젖다 젖다 무거워져
저절로 고개 숙인 꽃잎처럼

마음도
젖다 젖다 무거워져
땅으로 꺼진다

마음이 시리단다
젖은 마음에 회색이 뭉쳐온단다

태풍이 불어오기 전에
폭풍이 몰아닥치기 전에

젖은 마음 잘 말려달란다

해와 달의 사랑

해도 달도
그 사랑이 너무 커

서로에게 닿고 싶어
손을 내민다

닿을 수 없어
그리움에
원만 그린다

평생을 만나지 못해도
서로를 향한 사랑
멈출 수 없어

원을 그리다
파란 하늘에 불쑥
달이 찾아온다

너무 보고 싶어 왔노라고

네가 숨긴 새벽별

난 네가 숨긴 새벽별을 알고 있어

모두가 잠든 밤이면
넌 그렇게 나와 춤을 추지

마치 아이들이 잠든 밤 깨어나
신나게 노는 장난감처럼

우리가 잠든 밤이면
넌 그렇게 나와 노래를 하지

내 살던 산골짝에서는
더 많은 별들이 춤을 추었어

쏟아지는 별빛에 항홀해하던 나를
너희들이 주는 빛을 먹어버리는 나를

이른 아침을 깨우는 내게
축복처럼 다시 빛을 선물한

난 네가 숨긴 새벽별을 알고 있어

빗물이 머금은 말

방울져 떨어질 듯
떨어지고 싶지 않아

머금고 머금고
또
머금어

영원히
품을 수만 있다면

네가 나로 살아가듯
나도 너로 살아간다

방울져 머금어도
끝내 떨어진다

이것이 자연의 이치라면
이것이 너와의 인연이라면

이젠
놓아야 할 때

가을이 내게로 온다

커다란 단풍잎이 떨어진다
찬란한 아름다움
태양이 그의 삶을 축복한다

붉게 타오르다 바스러져도
얼마나 다행인가
이대로 흙이 되기를

핏빛 아름다움
거무죽죽 신화하여도
그 이름은 기억된다

땅이 기억한다
바람이 기억한다
나무가 기억한다
흙이 기억한다
존재했음을 기억한다

태양이 빛나고
그림자마저 아름답다 느껴질 때

그렇게
가을이 내게로 온다

영원히 푸르다는 건

푸른 소나무 둘은 친구다
주변 나무들이
봄 여름 가을 겨울
온몸으로 느끼며 늙어갈 때

둘은 조용히 늙어간다
푸르름을 선물 받는다
부러움과 질투를 받지만
둘은 조용히 있을 뿐이다

봄 여름 가을 겨울
늘 푸르다는 건 좋은 걸까

주변 나무들이
세월의 바람을
온몸으로 받으며
열렬히 살아갈 때

늘 똑같이 푸르다는 건 축복일까

여전히 푸른
영원히 푸를

사이의 시간

밤이면
온통 무지개가 빛나고
아침이면
온통 얼룩덜룩 찌그러진다

밤에 글을 쓰면
온통 결심뿐이고
아침이면
온통 좌절뿐이다

새벽이면 어떨까

밤과 아침
사이의 시간, 새벽

새벽을 깨운다는 건
잡티 투성 뒤범벅이 되기 전
아침을 새롭게 만든다는 것

밤과 아침
사이의 시간, 새벽

새벽을 깨울 수밖에 없는 이유

춥다 하늘이 파랗다 그래서 뭐!

춥다
아파트 사이로 흐르는 하늘도
나뭇가지 끝에 매달린 하늘도
바다처럼 춤추는 하늘도
온통 파란색이다

시리도록 파란
빛나는 파란

춥다
콧물이 얼어
파란색 고드름이 된다
사랑이 얼어
새파란 바다가 된다

누가 그러더라?
고통과 쾌락은
둘이 아니라 하나라고

추위와 파란 하늘도
하나일까?

춥다

떨어질 줄 아는 용기

살랑이는 바람에
힘없이 떨어진 꽃잎

제 모습 자랑하듯
한껏 하늘을 향해 고개 내밀던
그 어여쁘던 꽃잎

지금은
흙의 품에서
조용히 눈을 감는다

져야 할 때를 알고
조용히 질 수 있는 용기

져야만 태어나는 생명

바람에 몸을 맡긴 생명
가이아의 숨결로
다시 살아난다

움켜진 손을 놓을 수
있는 용기가
내게는 있었다

엄마의 그림자

어릴 적
엄마의 그림자는 넓습니다
아무리 뛰고 굴러도
끝이 보이지 않을 만큼 넓습니다

어릴 적
엄마의 그림자는 따듯합니다
아무리 추운 날이라도
차가움을 모를 만큼 따듯합니다

다 커버린 지금
엄마의 그림자는 작습니다
한 발 디딜 수도 없을 만큼 작습니다

이제는
내 그림자 안에 엄마가 있습니다
이제는
내 그림자로 엄마를 안습니다

엄마의 그림자는 여전히
따듯합니다

모닥불 그리고 바다

쉽게 말했던 사랑은
쉽게 타오른다
여름날
피어나는 모닥불처럼

삼킬 듯 삼킬 듯
뜨거움을 내뿜으며
마음을 흔든다

검은 하늘 도화지에
하얀 파도 그리며
타오르는 모닥불

지켜보는 별들도
함께 하던 갈매기도
노래하는 너마저
모두 태우고 만다

알알이 박혀오는
모래의 아픔을
느낀 후에는
이미 불은 사라진다

마음에 쩍쩍

마음에 금이 간다

찬바람에 묻어 있는
그날 새벽 회색 바람

하늘도 땅도 세상도
온통 회색이던
그날 새벽 그 회색 길

바람도 냄새도 온통 회색인
그날 새벽 그 기억이
나를 덮쳐 온다

마음에 쩍쩍
금이 간다

떠나보내는 연습

해가 비치는 창문으로
공허함이 살랑살랑 들어온다

그림자가 길게 드리운 거실 바닥으로
외로움이 스멀스멀 올라온다

이젠 떠나보내는 연습을 해야 할 텐데
이제 곧 떠나보내야 할 텐데

마음에 바람이 불어
아무것도 할 수가 없다

언제나 오려나
핸드폰만 들여다본다

그리움 연락이 올까
핸드폰만 꼭 쥐고 있다

버려진 오토바이

머리가 잘렸다
댕강

잘린 머리가 몸통 위에서 기우뚱
흔들흔들 위태롭다

온몸은 긁히고 다친 상처

그것을 가려보려
두껍게 화장한 먼지

차가운 벽에 기대어
몸마저 기우뚱이다

열정으로 뜨겁던 네 모습은
그 어디에도 없다

목이 잘린 너는
위태롭게 버티고선 너는

너는

버려진 나

덫

날고자 했다
날개를 펴고

네게 빠져
헤어나올 수 없어
몸을 돌린다

날고자 했다
너와 함께

목마름으로
바라보기만 해야 하기에
몸을 돌린다

빗물조차 삼켜버렸기에
뼈조차 말라버린다

내 사랑은
어디에도 없다

그림자를 안은 가슴만이

찬란한 태양
문을 뚫고 들어온다
먼지조차
춤을 추게 만드는 빛
그 빛이
벽을 뚫고 들어온다

빛 속에 감추어진 그림자
모두들 빛만 바라볼 뿐
그림자는 모른다
오로지 웅크린 작은 가슴에만
그림자를 드리운다

가슴에서
쏟아지는 슬픔
토해내듯 토해내듯
토할 수 없는 슬픔은

오로지
그림자를 안은 가슴만이
그
슬픔을 안다

울림

외친다
소리친다

일어나라고
달리라고
이겨라고

빨리빨리
많이많이

귀를막는다
눈감는다

새소리를듣는다
풀잎의흔들림을듣는다
바람의속삭임을듣는다
대지의울림을듣는다

가만히가만히
울림을느낀다

비로소 숨을 쉰다

얼룩

누군가 그러더라
얼룩진 것 지우고 싶어
온갖 세제 다 썼는데
안 지워지더래

결국
얼룩이랑 같이 살기로 했대

누군가 그러더라
얼룩 하나 지우고 싶었을 뿐인데
얼룩은 더 커지더래

지우고 지우고 지우고
지우고 싶었을 뿐인데

커지고 커지고 커져서
더 이상 어쩔 수가 없더래

버리면 되지 않느냐고 했거든?
버릴 수가 없대
그럴 수가 없는 것이래

그래서 울었냐고?

안 울었다더라

어쩔 수 있냐고 그러더라?
그게 자신이라면
어쩔 수 있냐고 그러더라?

얼룩도 자신이고
지울 수 없어
더 커져 버린 얼룩도
결국 자신이라고

그냥 살기로 했다더라
그랬다더라

새떼를 보았다

작은 세포가 모여
생명을 이루듯

작은 하나가 모여
커다란 하나가 된다

새떼를 보았다

서로를 부둥켜안고
커다란 날개되어
하늘길 함께 가는

새떼를 보았다

서로의 눈이 되어
상처 입은 아이 안고
태양을 향해 함께 나는

새떼를 보았다

서로가 하나됨으로
태양으로 향할 수 있다는 것을
새떼는 안다

인간을 보았다

네모난 세상을 만들어
네모나게 굴러다니는

인간을 보았다

빵!
서로를 죽이는 총소리

인간은
저를 죽이는 소리를
제 스스로 만들어낸다

인간을 보았다

잠시 쉬었다
다시 오르는 우리를 향해
부러운 듯 눌러대는
인간을 보았다

저도 날 수 있다는 것을
인간 모른다

시인의 말

「나는 멈춰서 기다립니다」

사랑과 행복을 통해 건너온 수많은 순간을
조용히 기록하고 싶었습니다.

낯선 설렘의 첫 만남부터
이름 없는 그리움
서로를 이해하며 깊어지던 시간들,
그리고 마침내 한 가족으로 이어진
따뜻한 약속까지…

사랑은 특별한 사건보다
일상의 가장 조용한 순간 속에서
더 선명하게 빛난다는 것을 배웠습니다.

그 깨달음이 오래도록 마음에 머물길 바라봅니다.

_ 시인 양인석

오늘, 나의 운명

오늘은 어떤 색의 옷을 고를까
나와 그대에게 잘 어울릴 색상은
어떤 스타일, 어떤 향기가
그대의 마음에 닿을까

타인의 시선에 비칠 내 모습은
어떤 모습의 그림일까
평범한 대신 특별함이기를

도무지 멈출 수 없는
행복한 떨림이 온몸을 휘감는다
상상 속 모습보다 더 눈부신
새로운 나의 모습이 되기를

아득한 설렘, 기다림의 끝에
마침내 마주한 지금 이 순간
나의 모든 행복은 시작되었다

좋은 인연의 첫 장을 넘기는 오늘
가장 특별하고 행복한 하루
내 운명의 단짝이 되어줄
그대와 함께 새로운 여정을 시작한다

그냥, 그 아이

그 아이는 참 예쁩니다
오직 내 눈에만 그렇게 보입니다
다른 이의 시선이 어떻든
내게는 그저 예쁘기만 합니다

그 아이는 참 귀엽습니다
오직 내 눈에만 그렇게 보입니다
세상의 모든 기준을 넘어
내게는 그저 귀엽기만 합니다

나는 그 아이를 좋아합니다
내 마음이 온전히 그렇게 말합니다
남들이 알아주지 않아도 상관없습니다
나는 지금 그 아이를 좋아하고 있는 겁니다

왜 하필 그 아이인 걸까요
무엇 때문에 마음에 담게 된 걸까요
아무리 생각해도 알 수 없는 이 마음

이유는 없습니다
그저, 계속 보고 싶고 마냥 기다려집니다

시작의 순간

처음 본 순간부터 눈에 콩깍지가 씌어
모든 판단을 잃은 바보가 된 걸까

조금씩 잦아진 만남 속에
조금씩 커져가던 너를 향한 작은 떨림
그때부터 이미 시작이었을까

내 안의 작은 흔들림, 문득 그리움이
가슴을 채우던 바로 그 순간 깨달은 걸까

나의 말과 행동에 변하던 너의 다양한 표정
가슴 설렌 그 반응 때문이었나

내가 아닌 다른 이와 환하게 웃는 모습에
이유 없이 기분 상했던
바로 그 질투의 순간이 시작이었나

사랑이라는 몹쓸 병에 걸린 걸까
너의 모든 것을 알고 싶어 했던
그 깊은 갈망이, 나의 시작이었을까

안부

너의 안부를 묻는 대신
나는 멈춰서 기다린다
차마 안부를 물을 수 없다
내가 뭐라고, 감히

너의 하루가 궁금해도
애써 침묵으로 참아낸다
너의 소중한 시간 속
나 홀로 뛰어들 수는 없기에

너를 내일도 볼 수 없을까
아니, 어쩌면 볼 수 있을지도
아니야, 결국 볼 수가 없다
너를 볼 용기가 없다

먼저 연락해 볼까, 수없이 고민해도
결국 손끝은 허공만 맴돈다
내가 대체 뭐라고
너에게 닿으려 하고 있을까

비 오는 날

너를 좋아하고 있나 보다
세상 모든 것이 사랑스럽고 아름답게 빛나는
너무나 눈부시게 행복한 날이다

너를 좋아하고 있나 보다
직접 볼 수가 없으니 소식이 너무 궁금해
너무나 야속하고 짜증 나는 날이다

너를 좋아하고 있나 보다
작은 서운함조차 크게 부풀어 올라
감당할 수 없이 날 힘들게 하는 날이다

너를 좋아하고 있나 보다
나를 두고 홀로 떠나가 버린 너이기에
더욱 그립고, 간절함으로 채워지는 날이다

너를 좋아하고 있나 보다
너의 하루, 모든 일상을 알고 싶은 오늘
비가 내리니 네 생각으로 온통 젖어버렸다

이 비를 핑계 삼아
우산을 같이 쓰고 싶은 날이다

미지의 종착지

내가 무엇을 원하는지
무엇을 간절히 바라는지
정작 나는 모르고 있을 때가 있다

마음이 이끄는 대로 가는 길은
어쩌면 위험한 발걸음일지 모른다
마음이 가리키는 그곳은
위태로운 미지의 행선지

만남의 목적도 이유도 없이
내 마음은 이미 출발해 버렸다
아직도 듣지 못한 채
고요히 움직이는 내면의 소리

결국 마음의 종착지는 하나일 것이기에
그곳을 향해 나는 서서히 움직여 간다

너무나 느린 발걸음이라
이 움직임조차 느끼지 못할 수 있고
어쩌면 한참 뒤에야 도착할지라도
나는 이끌림을 멈출 수 없다

사랑의 약속

우리의 만남이 빚어낸 아름다운 나날
행복한 순간들이 영원하기를 소망했다

서로의 마음을 확인하고 진실을 믿으며
찬란한 미래를 위한 꿈을 꾸기 시작했다

이 사랑은 영원히 변치 않으리라는 확신으로
둘은 서로의 눈 속에서 깊은 행복을 본다

잠시 찾아온 작은 시련마저
슬기롭게 넘어설 때마다
우리의 사랑은 더욱 단단해졌다

하늘의 뜻이 우리를 갈라놓지 않는 한
절대 이별은 없으리라 확신했던 그날

두 사람은 서로에게
영원한 사랑을 약속한다

영원의 명작

처음 그 시작은 우연이었고
반복된 우연이 잦은 만남을 낳아
우리의 서사는 필연으로 바뀌기 시작했다

필연적이라 믿었던 순간부터
혹시나 하는 설렘에 이끌려
우리는 영원을 함께 꿈꾸었다

서로의 장단점을 발견하고
가끔 의견 충돌로 다투기도 했지만,
그럼에도 우리의 시간은 쉼 없이 흘러갔다

화합과 축복의 순간이
속절없이 다가왔을 때
준비되지 못한 우리는
어떤 생각조차 할 수 없었다

그 모든 시간은 분명 행복이었기에
마치 꿈처럼 흘러보낸 이날들은
내 삶에 다시 없을 영원한 명작이 된다

공간의 변주

나만의 작은 방에는
나만 아는 세계와
숨겨둔 그림과 시가 머문다

내가 만들어 낸 그 공간에는
내 소중한 사람들의 이야기와
나만의 모든 것들이 있었다

누구도 발 디딜 수 없던
나만의 닫힌 성벽, 유일한 안식처였다

어느 날 문득 날아든 작은 새 한 마리
나의 세계를 자유롭게 유영하며
나를 놀라게, 흔들어 깨웠다

생각지도 못한 변화 앞에서
가끔은 낯설어 당황했지만
이내 행복을 느끼며 나도 날갯짓을 배웠다

홀로 갇혀 답답했던 나만의 공간이
이제 너와의 공간으로 빛나며
나의 삶을 통째로 변화시킨 무대가 되었다

뒤늦은 깨달음

매일 볼 수 있었기에
너의 소중함과 행복을 몰랐다

매일 볼 수 있었기에
너의 귀함을 잊었고
모든 것을 대수롭지 않게 여겼다

가끔 너를 볼 수 없을 때야
너의 소중함을 절감했고
순간의 행복조차 잃었다

가끔씩 너를 볼 수 없을 때에야
비로소 귀함을 알았고
너를 향한 마음이 간절해졌다

언제나 곁에 머물러 있었기에
바보처럼, 너의 존재를 망각하고 있었다

뒤늦게야 이 모든 것을 깨달았으니
우리, 다시 처음처럼 행복해지자

하늘이 준 선물

장시간의 진통 끝에
세상에 나온 아이
못난 모습이었어도
내겐 아기천사였다

조그만 눈을 처음 뜨고
나를 바라본 그 순간
짧았던 떨림 속에서
하늘이 준 선물을 만났다

작은 숨을 내쉬며 안기더니
낯설음에 울다가
내 낮은 목소리에 가만히
귀 기울이며 잠들던 그날
그때의 행복을 아직 기억한다

나를 꼭 닮은 얼굴로
내 품에 잠든 너
그 모습을 바라보던
아내의 미소를 떠올린다
그때처럼, 나는 또 행복에 잠긴다

고장 난 장난감

올바른 사고는 멈추고
분별력마저 흩어진 나는
쓰레기 더미에 던져진
고장 나고 부서진 장난감일 뿐

이 고장 난 장난감 하나도
한때는 누군가의 소중함이었고
이 부서진 조각 하나도
누군가의 아련한 추억이었다

누군가 손 내밀어 나를 고친다면
다시 한번 소중한 의미가 될 텐데
하지만 아무도 찾지 않는다면
결국 쓰레기로 사라질 수밖에 없다

어차피 다시 고칠 수 없다면
장난감으로서의 유일한 가치는
저 멀리 허무하게 사라지고
재활용될 희망조차 없다

흔들리는 마음

어쩌면 우리는 서로 동상이몽 하며
각자의 꿈속에서 살았는지 모른다
그러다 문득 커져 버린 현실 앞에서
흠칫 놀라 모든 움직임을 멈춘다

어쩌면 그때 진작 말해야 했다
이제는 너무 늦어버린 걸까
엉킨 실타래를 풀 용기가 없어
고민만 하며 깊은 밤을 헤매고 있다

어쩌면 나만의 착각 속에
조금씩 잠식되어 가는 순간일지 모른다
내 마음 깊은 동굴 속에서
숨겨둔 이성이 나직이 속삭인다

어쩌면 지금 네가 느끼는 흔들림은
거센 폭풍우를 마주한
연약한 인간의 본성일 뿐이니
이 불안도 곧 지나가게 될 거라고

바보 같은 나

내가 가장 너를 모른다
아니, 누구보다 너를 다 안다
어찌 보면 세상 둔한 나이지만
어찌 보면 너에게만큼은 예리한 나

모르는 건 네 마음 단 하나
잘 아는 것은 그 외의 모든 것
어찌 보면 사랑에 빠진 바보 같고
어찌 보면 감정에 통달한 사람 같다

너를 몰라 불안하여 흔들리고
너를 너무 잘 알아서 더 흔들린다
이렇게 온통 휘청거리고
갈피를 잡지 못한다

이토록 바보 같은 내가
이렇게나 깊이 흔들리면서도
마음속 정답은 아직도 모른다
나는 정말 바보인가 보다

영원한 휴식처

이 넓은 공간에 너와 나란히 누워
세상의 모든 방해를 끊어내고
가만히 잠을 청한다

오직 우리 둘만의 시간 속에
고요히 남겨진 이 순간
그 어떤 방해도 침범할 수 없는
완벽한 우리의 안식처

영원히 머물고픈 행복함과
더없는 편안함을 뒤로하고 돌아섰지만
문득 다시 네 품에 안기고 싶어
뒤돌아 너를 바라본다

언제나 내가 돌아갈 휴식 같은 너
오직 나 하나만을 위해
너의 모든 것을 내어준
내 삶의 진정한 사랑, 너이다

그럼에도, 너와 함께

내 인생의 모든 것이 변한 것은
오직 너를 만난 그 순간부터였다
너와 마주치지 않았더라면
내 삶은 어쩌면 지금과 달랐을까

너와의 첫 만남은 고통이었으나
그 속에서 너의 진면목을 보았고
결국 너와 함께하는
사랑을 꿈꾸었다

너와의 두 번째 만남은 혼란이었다
너로 인해 내 이성의 끈마저 놓아버린
격정적인 경험을 했다

만남의 깊이만큼 다툼도 있었지만
너를 향한 사랑의 마음은 변함없이
언제나 우리 곁을 지켜주었다

내가 힘들고 아파하던 날에도
기쁨과 행복이 충만했던 날에도
심지어 우울하고 슬퍼하던 그때도
너는 묵묵히 내 곁을 지켜주었다

어쩌면 이제 너를 떠나보내야 할
마지막 순간이 다가오고 있다
이대로 보낼 순 없는
아쉬움에도 웃으며 너를 보내주고 싶다

그럼에도 불구하고
너와 함께할 수 있는 이 순간
남은 시간의 모든 추억을 위해
너와 마지막까지 충실히 함께할 것이다

우리의 사랑이 영원히 기억되도록
더 잦은 만남을 가지면서
가장 아름다운 명장면만 남기자

종잡을 수 없는 너

너는 참 이상한 아이
어쩌면 영락없는 청개구리
너를 다 안다고 생각했는데
도무지 그 마음을 종잡을 수 없다

무심히 등을 돌려 멀리 버려두면
어느새 곁으로 다가와 웃고 있기에
때로는 나를 놀리는 것인지
아니면 애태우며 약 올리는 것인지

도무지 헤아릴 수 없는 너는
혹시 나 스스로 굳게 씌웠던
오래된 가면을 벗기려는 것인지
나를 미로 속으로 끌어들인다

그럼에도 자꾸만 떠오르는 너
오늘도 너를 찾고 싶은 마음에
아침부터 온종일 헤매지만
여전히 너는 내게 잡히지 않는다

호흡처럼

아마도 너는
이 세상에서 가장 흔하며
가장 자연스러운 존재일 것이다

나의 모든 일상에
늘 함께 존재해 왔기에
네가 없는 삶은 상상조차 하지 못했다

단지 지금 내 곁에
머무르느냐의 차이일 뿐
너는 언제나 여기에 있었고, 존재했다

마치 숨을 쉬는 것처럼
나는 너를 갈구하게 되니
오늘 하루도 나는 너를 찾아 나선다

아주 잠깐의 만남일지라도
그 짧은 순간의 충만한 느낌으로
나의 하루는 온전한 행복으로 시작된다

소소한 기쁨

사랑하는 이가 곁에 있고
그와 함께하는 시간이 좋다
생각만 해도 따뜻한 미소가
가슴 가득 꽃처럼 피어난다

내가 좋아하는 모든 것을
마음껏 누릴 수 있다는 사실
이것이야말로 더없이 기분 좋은
순간의 기쁨이 아니겠는가

나의 세상은 단순하지만
소소한 일상에서 찾아낸
소중하고 즐거웠던 찰나의 순간을 기억한다

사랑하는 사람을 만나
둘만의 보금자리를 짓고
새로운 가족을 품에 안았던
그날의 감격은 영원히 잊지 못한다

다시 시작하는 나의 인생은
내가 사랑하는 글을 쓰면서
즐거움을 나누며 세상을 살아가리라

다시 태어난 기분

나의 진심이 너에게 닿았을까
아니면 이 서툰 고백에
그저 당황하여 웃었을까
너의 눈빛은 도무지 읽을 수 없었다

조금은 따뜻했던 네 손길
조금은 부드러웠던 목소리
그 온기를 느꼈던 그날
나를 품어준 것은 어떤 의미였을까

그러나 중요했던 것은 오직 하나
우리 둘의 마음이 같은 곳에 머물렀고
같은 방향을 바라보며
함께 첫걸음을 내디뎠던 그 순간

너로 인해 세상을 보는 나의 시선은
온통 아름다움으로 가득 찼다
이전에 단 한 번도 경험하지 못한
하늘을 나는 기분으로 다시 태어난 것이다

따뜻한 교감의 시작

동그랗게 눈을 뜨고는
가만히 나를 바라보는 너
나의 행동을 관찰하듯이 바라보고 있다

작은 친절을 건네주니
살짝 다가와 주긴 하지만
여전히 느껴지는 경계심과 어색한 관계

내 간절한 마음을 알게 된 후부터
조금은 편하게 다가오고
너는 곁을 내어주고 있다

나의 손길을 받아들여
행복한 표정을 지어주니
나도 널 보면, 입가에 미소가 머문다

어쩌면 좋아하는 감정
그 감정으로 널 바라보며
부드럽게 쓰다듬는 지금이 행복하다

소중한 감정의 변화

처음 본 순간 요란하게 종이 울리는
운명 같은 사랑이 정말 있을까
나는 어떤 만남에서도 경험해 본 적 없다

알고 보니 좋아졌고, 자연스레 친해졌다
친밀함 속에서 만났고,
만남 속에서 정이 들었다

이 감정의 이름을 모르더라도 괜찮다
그냥 너를 보고 싶고, 함께 머물고 싶다

내 눈에 비친 너는 세상 가장 예쁜 얼굴
어떤 날은 빛이 나는 듯 착각하게 된다

너를 향해 보내는 이 눈빛은
오직 너만을 위한 고백이니
너는 고귀한 감정을 누리며 느껴주기를

이 행복한 순간은
어쩌면 다시 오지 않을 기적 같은 시간
그러니 주저 말고 지금 이대로 느껴라

예고 없는 행복

아무런 기대조차 없었기에
생각 없이 터벅거리며
힘없이 걷던 시간은
왜 이다지도 더디게 흘러갔던가

문득 내 눈앞에 나타난
작은 그림처럼 완벽한 너의 모습
꿈은 아닌지 볼을 꼬집어 보아도
분명 눈부신 현실이었다

너무 놀라고 설렌 가슴에
무슨 말도 할 수 없었고
어떤 표현도 찾지 못해
그저 너를 바라보며 미소 지었다

그 짧은 찰나의 만남조차
내게는 가장 큰 행복을 안겨준
지극히 소중한 시간이기에
오늘도 나는 그 기억으로 다시 웃는다

내 세상 모두를 담은 너

우연히 마주친 너의 눈빛
동그란 눈이 더 커진 듯한 맑은 눈빛
그 눈빛 속에 벌써 행복이 있다

나는 이제 어떻게 해야 할까
마음의 소리가 이끄는 대로 움직여볼까
이토록 벅찬 고민 속에도 행복이 깃든다

그저 너를 바라만 보아도
심장은 격렬히 요동치고 호흡이 거칠어진다
이 모든 낯선 이상함에 행복이 있다

가끔 마주 앉아 너를 볼 수 있다는 것
이 자체만으로도 축복이자
가장 깊은 행복임을 나는 분명히 느낀다

네 작은 몸짓과 환한 미소 한 스푼
그 한 스푼이 품고 있는 의미는
나의 세상 그 모든 것을 담고 있다

숨겨진 마음

마음을 깊이 숨기는 이유는
다가설 수 없는 현실의 한계
가혹한 현실을 탓하며
나는 이 마음을 은밀히 가둔다

진실을 애써 돌려 말하는
이유는 이토록 분명한데
그럼에도 남겨진 미련 하나가
기어이 나를 아프게 한다

차라리 손을 놓아버리면 그만인 것을
왜 나는 손을 놓지 못한 채
자꾸만 너를 생각하게 되는가

너에게 다가갈 수 없는 이 순간들은
가슴 깊이 남아있던 과거의 상처가
다시 생생히 깨어나기에
나는 더욱, 이 마음을 깊이 감춘다

비 오는 수요일의 추억

비 오는 수요일에는
빨간 장미를 건네주려
빗속으로 뛰어다닌
그 시절이 그립고 그립다

아무것도 아닌 것을
왜 그리도 의미를 두고
생각을 깊게 했는지
그때를 생각하며 웃는다

추억만 간직하기엔
너무 아쉬운 오늘 하루
장미 한 송이를 들고
내 마음을 전했어야 했다

오늘이 지난 후에는
언제 올지 모를 그날을
또다시 기다리면서
나 혼자 상상을 하고 있다

별이 지기 전에

어두운 밤하늘을 수놓은 작은 별빛 하나
그 찰나의 반짝임이 내 마음을 흔든다

저 별빛의 유혹이 나를 흔드는 것일까
아니면 이미 시작된 별빛의 떨림일까

하늘의 별빛은 늘 그 자리에서 빛나는데
나 혼자 괜스레 그 빛에 의미를 부여한 걸까

별빛의 유혹에 넘어가 흔들리는 이 마음은
세상 물정 모르는 멍청함인가
아니면 지키고 싶은 순수함인가

밝아오는 하늘 속으로 조금씩 스러지는
그 별빛의 궤적을 따라
나는 간절히 내 마음의 지도를 그려본다

숨겨진 화원

아무것도 하지 않으면
아무 일도 일어나지 않는다
어쩌면 행복은 아무것도 모를 때 온다

무지하면 아무 생각도 없기에
오히려 순수한 행복을 맞이할 수 있다

나조차도 다 헤아릴 수 없는
마음속 이야기들은
아무도 듣지 못할 혼자만의 비밀 언어

그 비밀의 언어가 피워낸
나만의 마음은
몰래 꽃을 심어놓은 숨겨진 화원에 남겨둔다

가슴에 묻어둔 소중한 마음의 서랍
자물쇠를 채워 오직 나만이 간직한다

선명함과 흐릿함 사이

진실을 마주하려 할 때
타인의 목소리를 빌리는 것이 아니라
자신의 밝은 눈으로
대상을 직접 응시해야 한다

내 눈으로 직접 확인한 사실만이
모든 의심을 지울 수 있기에
나는 더욱 선명한 시야를 갈망한다

그러나 흐릿해진 시선 속에서는
진실이 잘 보이지 않을지라도
그 나름의 묘한 의미와 감흥이 있다

보기 싫은 현실은 가려주고
차마 직시하지 못할 것들은 감추어주니
흐릿함이 주는 그 순간만큼은 평온하다

나는 대체 어떤 세상이 두려워서
자꾸만 흐린 눈으로 살아가려는 것일까
흐릿한 풍경 속에서
이토록 묘한 안식과 편안함을 느낀다

혼자만의 꿈

처음에는 분명 이유 없이 좋았다
그저 그 순수한 마음 하나만으로
나는 마냥 행복했었다

하루하루 흐르는 시간이 너무 짧아
마냥 아쉽게 뛰던 심장의 파동은
현실이 아닌 꿈속을 거니는 듯했다

그러다 문득, 감지하게 된
작은 한숨의 느낌
그 숨결의 진실을 몰라
나 홀로 깊은 어둠 속에서 헤매었다

어쩌면 처음부터 이 마음은 나 혼자만의 것
우리 둘의 이야기가 아니었을지도 모른다
지금도 모르는 그 마음의 진실을 찾아서
나는 오늘도 길 잃은 듯 헤맨다

그렇게 쓸쓸한 진실 앞에서
나는 가끔 흔들리고 있다

생각과 현실의 간극

나만을 위한 간절한 생각 하나
오롯이 나를 채우는 이 감정은
생각과 현실의 거리가
처음부터 정해져 있었던 듯하다

혼자만의 신호를 끊임없이 보내며
네가 알아주기를 간절히 바랐건만
의미 없는 기다림의 시간만
속절없이 흘러가 버렸다

어쩌면 너 스스로 깨닫기를 바라며
하염없이 흘려보낸 긴 시간 뒤에
끝내 알아채지 못하는 너를 보며
내 마음은 더욱 답답함에 잠식된다

이제라도 이 진심을 알게 되기를
제발 넘지 말아야 할 선을 지켜주기를
감정 없는 외침과 절규가
부디 너에게 닿아 짐이 되지 않기를

말할 수 없는 비밀

늘 그랬듯 마주하고 앉아
웃고 장난치듯 대화해도
내 마음속 감정의 파동은
한 번도 느껴본 적이 없었다

그러다 문득, 우연처럼 찾아든
생경한 떨림을 느꼈던 순간
혹여나 심장의 소리가 새어
네 귀에 닿을까 두려움에 떨었다

긴 숨을 내쉬며 나를 다독이고
가쁜 호흡을 참고 진정시킨다

이 작은 심장의 떨림 하나만큼은
너는 영원히 모르기를
너의 그 환한 미소 때문에
나는 설 곳을 잃어버렸다

이리저리 피하려 몸부림쳐도
내 마음은 너를 향해
여전히 거칠게 흔들린다

술잔에 새기는 마음

첫 잔에 속이 따스해지고
두 잔에 얼굴이 붉어지고
석 잔에 시야가 흔들려도
이 술잔은 멈추는 법이 없다

작은 불판 위에서 익어가는
삼겹살 한 조각의 느린 움직임
불의 강도와 함께 흘러간
기다림의 덧없는 시간들

이 모든 즐거움을 함께 나눌
네 모습은 여기 없기에
마음을 전할 길 막막하여
빈자리에 아쉬움만 가득하다

알면서도 잊어야 할 마음을 알기에
작은 술잔 가득 채운 술에
오늘의 그리움을 모두 담아
힘겹게 홀로 너를 마시며 그려본다

멈춰 선 자리

어떤 감정인지 채 알기 전에는
그저 너를 바라만 보았기에
이 모든 것을 대수롭지 않게 여겼었다

말이 되지 않는다며 애써 부정했지만
부정할수록 더욱 깊이 스며드는 이 마음
내 안의 나는 막다른 골목에 선
겁 많은 아이가 되어 있었다

용기를 내면 도망칠 수도
용기를 내면 맞설 수도 있지만
나는 결국 용기가 없어 조용히 멈춰 선다

이 모든 것을 이겨내고 싶었던 마음 한켠
하지만 너무도 약한 의지는
쉽게 꺾여버린 채 조각이 되고

어쩌면 그 꺾인 조각마저도
오직 너만을 향한 순결한 그리움이었다

구름 뒤의 하늘

구름 뒤에 숨어버린 하늘
그 곁을 감싼 달과 별들
아무리 애타게 노력해도
내 의지만으로는 닿을 수 없어
단 한 순간도 볼 수가 없다

하늘은 자연이 드리운
천연의 장막 뒤로 몸을 감추고
나는 그저 망연히 바라볼 뿐
아무것도 할 수 없어
하염없이 기다리기만 했다

찰나의 빛이 새어 나오던 시간
놓치지 않으려 발버둥쳤지만
마주 대하지 못했던 순간들이
이제 와 아픈 후회로 남는다

보고 있어도 보고 싶었던
그 눈부시게 행복했던 시간 속으로
간절히 다시 돌아가고 싶은 마음
하늘을 덮은 구름이 걷히는 날
내 마음속의 먹구름도 함께 걷히리라

늦은 깨달음

나를 향한 너의 눈빛 하나
살며시 스며든 호기심이
초롱초롱한 빛으로 내 마음을 설레게 한다

말없이 마주한 시선 속에서
조용하게 미소가 피어나고
가슴 한편 따뜻한 행복이
슬며시 자리를 잡으려 한다

그렇게 예쁘던 너의 눈빛을
갑자기 피하고 마주 볼 수 없는
이 당황스러운 떨림과 감정은
나조차도 낯설게 만들었다

순식간에 변해버린 나를 향해
어쩌면 걱정하는 눈빛을 보내는 너

나도 모르는 이 감정의 변화에 놀라
애써 착각이라 다독여 보지만
내 안에서 처음부터 시작된 이 감정을
이제야 비로소 깨닫게 된 것이다

너에게 물드는 시간

처음의 시작은 그저 감정 없는 가벼움
어쩌면 친구처럼 편안한
낯설지 않은 친밀감이었을 뿐

시간의 흐름 속에서
점점 깊이를 알 수 없게 변하는 감정
우리조차 몰랐던 뜨거운 느낌들로
하루하루가 채워지는 날들이다

잠깐의 헤어짐조차 아쉬움이 되고
이제는 늘 곁에 머물기를 간절히 바란다

어쩌면 우리는
영원히 함께 아침을 맞이하고픈
단 하나의 사람이 되기를
서로에게 소망하고 있는 것일지도 모른다

마음의 속삭임

어느 날 문득 마음속으로 날아든
알 수 없는 속삭임은
철없는 나의 감정을 헤집어
온 머릿속을 혼란스럽게 한다

그저 바라만 보고 있어도 행복함에
새어 나오는 웃음은
나를 멍하게 만들어
넋이 나간 듯한 표정으로 변하게 한다

가끔 나에게 다가와 건네는
너의 작은 몸짓 하나만으로
내 마음은 주체할 수 없는 기쁨에 넘쳐
세상을 다 가진 듯 벅차오른다

차마 표현하지 못하고 머뭇거리는
비겁한 내 모습이 한심하게 느껴져
조금씩 용기를 내어 다가가려 하지만
결국 이 마음을 끝내 전하지 못한다

내 생에 가장 큰 선물

보잘것없는 나란 사람과 함께
그 긴 세월을 견뎌줘서 고마워요

힘든 고비마다 내 손을 잡아 준
고마운 당신이 있었기에
내가 지금 이곳에 존재하고 있어요

많은 어려움을 참아내며
믿을 구석 하나 없는 날 믿어주고
철없는 나를 따뜻하게 이끌어 준
당신은 내 생애 가장 큰 선물

인생의 전반전을 함께 이겨낸 당신
후반전은 조금 더 신나고 즐겁게
우리 함께 행복을 누리며 살아가요

사랑해요

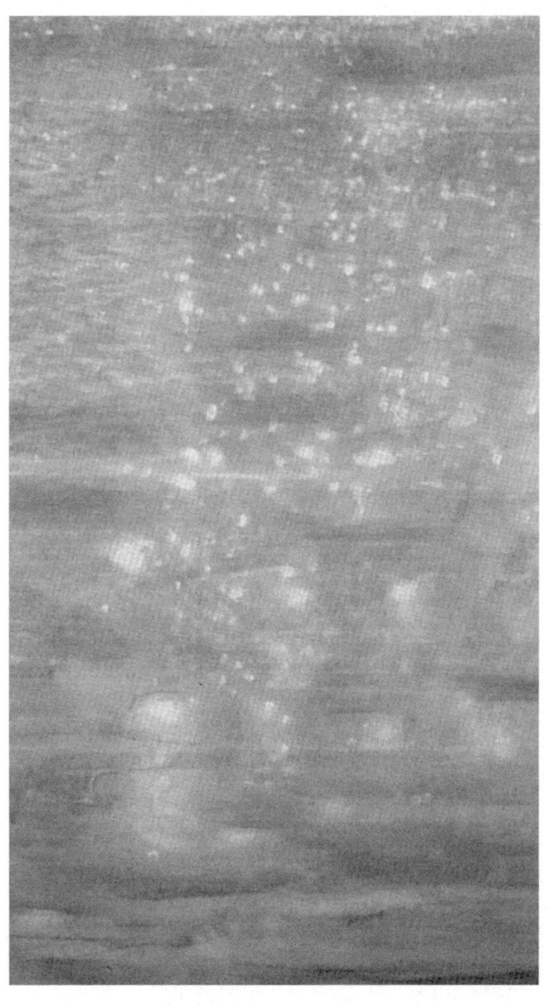

시, 흐르다058

내가 그리울 땐 빛의 뒤편으로 와요

초판 1쇄 인쇄	2025년 12월 10일
초판 1쇄 발행	2025년 12월 25일

지은이	인상 안현희 손주미 박율산 최필숙 양인석

펴낸이	이장우
책임편집	송세아
디자인	theambitious factory
제작	안소라
관리	김한다 한주연
인쇄	KUMBI PNP
배본	고려출판물류

펴낸곳	도서출판 꿈공장플러스
출판등록	제 406-2017-000160호
주소	서울시 성북구 보국문로 16가길 43-20 꿈공장 1층

이메일	ceo@dreambooks.kr
홈페이지	www.dreambooks.kr
인스타그램	@dreambooks.ceo

전화번호	02-6012-2734
팩스	031-624-4527

이 도서의 판권은 저자와 꿈공장플러스에 있습니다.

꿈공장플러스 출판사는 모든 작가님의 꿈을 응원합니다.
꿈공장플러스 출판사는 꿈을 포기하지 않는 당신 곁에 늘 함께하겠습니다.

이 책은 저작권법에 의해 보호받는 저작물이므로 무단전재와 무단복제를 금합니다.

ISBN	979-11-24181-04-1
정가	13,800원